妖しい関係

阿刀田 高

幻冬舎文庫

妖しい関係

目次

オルフェウスの神話

朝まだき、妻の芳美《よしみ》を抱いた。

十歳年下の女体《にょたい》は充分にみずみずしい。掌に少し余るほどの乳房がいとおしい。子どもはまだない。芳美は化学メーカーに勤めている。歴《れっき》とした技術者だ。結構忙しい。

今日は日曜日……。

「もう少し寝かせて」

「いいよ、もちろん」

恭介《きょうすけ》は自分のベッドへ戻って目を閉じた。真夜中に飲んだウィスキーの水割りがパチンと氷を鳴らしたようだ。少しまどろんで短い夢を見た。

少年期を過ごした高目《たかめ》町の高校らしい。サッカーに興じていた。二年のときには市の大会で決勝戦にまで進んだはずだ。大差で敗れちゃったけれど……。

校庭にはわずかな傾斜がある。山が近いからだ。夢の中でもそのまんま。でも、

——こんなに近かったかな、山が——

暗い脳裏の風景では、校門を出るとすぐに山に入る。繁みをかき分けると、仮穴《かりあな》があった。

みんながそう呼んでいた。仮りの穴、ちっぽけな洞穴だった。子どもがなんとか入れるくらいの大きさ。二十メートルも行けば、行き止まりになってしまう。

だが、山の奥には本穴がある。本当の穴、かな。どこにあるのか、恭介は見たことがない。だれも見たことがない……。きっとそう。子どものころは、わけもなく怖かった。

仮穴の脇に恭介が立っている。それが大人の恭介なのか、子どもの恭介なのか、わからない。ただそばにもう一人、大人の男が立っていて、

——小谷野《こやの》だな——

と昔のクラスメートを当ててみたが、これもよくわからない。

「行くか」

と男は山の奥のほうを顎で指す。

「ああ」

「見つけたんだ」

「なにを？」

「本穴」

「本当かよ」

会話は子どもっぽい。

少年たちが集まると、よく本穴のことが話題になった。「うちの祖父《じい》ちゃんが山へ入って見つけた」とか「兄貴が見つけたけど、次には行けんかった」とか、あやふやな話ばかりだった。

本穴はあの世に通じている。昔からそう伝えられていた。

だから、深い。まっ暗闇を下へ、下へと降りて行く。底にたどりつくまで何日かかるのかわからない。死んだ者が行く。でも生きている者だって行けるかもしれない。行って帰って来た人の話が残されている。でも、みんな昔のこと、昔の話……。

「嘘じゃない。その証拠が仮穴だ」

口を尖《とが》らせて言う奴がいたけれど、そんなことが証拠になるのかどうか。仮穴の奥には本穴に行く地図が描いてあるんだとか。これも見つけた者がいるのかどうか。

でも夢の中の男は、仮穴の中からニヤニヤとうれしそうに笑いながら出て来た。きっと地図を見つけたにちがいない。どんどんと山奥へ向かう。恭介は男のあとを追った。

どこまでも行く。知らない道だ。繁みの中には道らしい道もない。

――帰れるだろうか――

それが危うい。そこが怪しい。

――死んだ人はもう帰って来ないはずじゃないか――

だから、

――この道を行ったら、もう帰れない――

本穴に入ったら、もう絶対に帰って来られない。急に不安が、とてつもない恐怖が、込み上げてきた。

――いけない――

足を止める。男の背中が小さくなって振り向く。

「来ないんか」

「やめとく」

小谷野ではない。知らない男だ。

――よかった――

知らない男なら仕方ない。

――あの男は、もう戻って来ないだろう――

このあたりで夢が崩れた。カーテンのすきまから光が漏れ、隣のベッドはまだ寝入っている。芳美の寝息が優しい。

久しぶりに小谷野に会ったのは、まったくの偶然だった。十年ぶりくらい……いや、もっと長い空白かもしれない。東京に来ていることは聞いていたが、同じ丸の内に勤めているとはまったく知らなかった。

その日、恭介は夜の会合までの時間をもて余し、地下街の書店で雑誌をめくっていた。すると、横に人が立ち、

「やあ」

と声をかけられた。

すぐにはわからなかった。

――故郷の同級生――

しかし名前が思い出せない。

「やあ」

と、とりあえず同じように答えると、相手はうれしそうに笑って、

「小谷野だよ」

笑顔に確かな見覚えがある。

それほど親しい仲ではなかった。小谷野はあの土地の人ではない。中学校は静岡かどこかのはず。ただ恭介とは高校の三年間、ずっと同じクラスだったから、まんざら知らない仲とは言えない。成績はいい。英語が得意で、少し理屈っぽいところがあったと思う。

よく覚えていることがある。二年の英語の授業のとき……。ポマードが、それが英語教師の渾名《あだな》だったが、黒板にデカデカと、

〝Man is mortal〟

と書き、

「マン・イズ・モータル」

ちょっと気取って発音してから、

「わかるか」

と尋ねた。

答えたのがだれだったか、小谷野ではなかったろう。

人間は死すべきもの。ただし教師は哲学的命題について問うたのではなく、これは確か英語の冠詞についての代表的な例文のはずだ。つまり人間一般を指すときに〝Man〟には定冠詞も不定冠詞もつけない。ただむき出しに〝Man〟とすればいい。そういう説明だったと思う。

小谷野がうしろのほうの席でおずおずと手をあげた。

「なんだ?」

「どうしてそんなこと、わかるんですか」

「うん？」

ポマードには小谷野の質問の意味がわからない。クラスの連中もキョトンとしていた。

「人間は必ず死ぬってことでしょ、それは」

「ああ。人間すべてだからザもアもつけないんだ」

「だからどうして〝すべて〟なんですか」

「そう。人間すべてだ。人類一般だ」

「でも、今までの人はみんな死んだかもしれませんが、今、生きている人がみんな死ぬかどうか、わかりません」

ポマードの表情がゆっくりと崩れた。クラスの気配が固唾《かたず》をのんでいる。みんなが小谷野の質問の意味がわかったかどうか、少なくとも恭介は理解して、

――おもしろいぞ――

と見守った。

ポマードは下唇を突き出してから、

「馬鹿。みんな死ぬに決まっている。マン・イズ・モータル、よく覚えておけよ」

これで終わった。

――しかし、一理屈だよなあ――

恭介は感心した。小谷野に対して……。確かに〝マン・イズ・モータル〟は永遠の真理ではあろうけれど、今、現在、生きている人間についてそれが絶対と言えるかどうか、自明ではあるまい。まったくの話、小谷野について、

——理屈っぽい奴——

と思ったのは……そう思いながらもそれをマイナス要因と考えなかったのは、この出来事のせいだったろう。親しくはなかったが、記憶に残るクラスメートだった。

むこうは恭介のささやかな敬愛を感じ取っていたのかもしれない。久しぶりに会ったのに、ひどく近しい表情を浮かべて、

「元気?」

「うん、まあ」

「お茶でもどう?　懐かしい」

「いいのか?」

「うん、懐かしい」

と、くり返す。

「じゃあ」

短い時間なら、と、すなおに従った。

書店の脇のティールームへ入って名刺を交換し、コーヒーを二つ頼んだ。

「近くなんだ」

「そうだねえ」

会社の住所を見つめて頷《うなず》きあい、恭介はシュガーを入れ、小谷野はブラックのまますすった。

「お子さんは？」

と小谷野が聞く。もう四十歳を超えているんだから、この質問は当然だろう。

「いや、いない。結婚が遅かったから」

「あ、そう。同じだな」

「あんたは？」

「去年。去年、結婚した」

「子どもは、まだか」

「もちろん」

去年の、むしろ終わりに近いころのように聞こえた。つまり、まだ新婚……。

それからなにを話したか。はっきりと覚えているのは、

「学校の裏にさア、穴があっただろ」

　小谷野が尋ねた。

「仮穴のこと?」

「それと、もう一つ」

「本穴かな」

「うん。あれ、なんだったんだ?」

　不確かながらこのテーマについては小谷野より恭介のほうがくわしいだろう。恭介はあの土地の生まれなのだから。

「迷信だろ。あの世へ行く通路があるんだ。それが本穴で、あはは、どこにあるのか見つからん。しかし、下のほうに仮穴がある。よくできてるよ。ほんの少しだけ麓《ふもと》に見本があるんだ」

「学校の近くにあったのは仮穴のほうだろ」

「そう」

「深いのか?　入った?」

「いや、深くはない。入ったけど、人が入れるのは二十メートルくらいだ。細くなってて、もっと奥まで続いてるのかもしれんけど、あれじゃあの世までとっても行けそうもない」

「じゃあ、本穴を見つけるより仕方ないんだ、あの世に行くには」

「まあ、そう」

「探すかな」

「無理なんじゃない」

小谷野は一呼吸置いてから、

「神話にあるんだよな、ギリシャ神話」

「うん?」

「オルフェウス。知ってるだろ」

「よく知らん」

「最愛の妻に死なれて冥界へ談判に行くんだ。〝返してくれ〟って。オルフェウスは竪琴《たてごと》の名人だから音楽で冥界の王様を感動させちゃう。で〝返してやらんこともないが〟ってところまで漕ぎつける」

「なるほど」

「しかし、連れ帰る途中で〝振り返って女を見ちゃならん〟って条件がつく」

「見ちゃうわけだよな」

「そう。暗い道を上へ、上へと登って帰って来るんだけど、シーンとしていて、うしろから女が本当について来てるかどうか心配になって、つい振り返ってしまう。女は……エウリュディケって、舌を嚙みそうな名前なんだけど、振り返ったとたん見る見る姿がうすれ、いま来た道を下へ落ちてってしまう。一巻の終わりよ」

「マン・イズ・モータル」

と言ったが、小谷野が昔の教室風景を思い出したかどうか。

「なんで見てしまったのか」

「人間の弱さだろ」

「そういうことなんだろうけどな」

と少し照れるように笑ってから、

「俺、考えてみたんだ」

少年のような表情がかすめた。

「なにを?」

「うーん、どう言えばいいんだろ。マン・イズ・モータルだろ。死んだ者は絶対に生き返れない」

「うん」

「だから連れ帰ることなんか、どの道できんのだよ。だったら、どうする。しっかりと見つめて記憶するんだ。そうやっていつまでも思い出す。思い出している限り、死んだ者は生きている。死んでいない」

「なるほど」

「オルフェウスは心配のあまりうっかり振り返ったように言われているけど、ちがう考え方もあるんじゃないのか。帰りの道中で、生き返らせることなんかできっこない。だったら、もう一度エウリュディケを見つめて、しっかり記憶して帰ることを選んだんだ。確信犯だな」

「哲学だな」

「大げさだけど。そんなこと考えてたら学校の裏に穴があったこと、思い出したよ」

「映画があったよな、古い映画」

「オルフェウスの？」

「うん。〈黒いオルフェ〉。オルフェって……」

「オルフェウスのことだろ。いろんな呼び方があるんだ」

「歌がよかった」

と、くちずさんでみたが、うまくは歌えない。

「あの世に取り戻しに行くのか、映画も、やっぱり？　女の人を」

「うーん、どうだったか。リオのカーニバルだよ。死んだ女を取り戻しに行ったかどうか、忘れた。歌のほうが有名なんじゃないのか」

「あ、そう」

と腕時計を見た。

この日のめぐりあいは、このへんで終わった。

小谷野と別れたあと……あとと言っても二日ほどたってのことだったが〈黒いオルフェ〉の歌が聞きたくなり、映画のほうも、

――どんな筋だったかな――

古い映画を扱う店へ立ち寄ってＤＶＤを買い求めた。

家に帰って、

「知ってる、これ？」

「知ってるわよ。テレビで見たわ」

妻はさほどの興味を示さない。そこで独り留守番を頼まれたときに鑑賞した。

カーニバルが熱い。市電の運転手と田舎から出て来た少女の運命的な恋。会ったとたんに愛しあう。そこへ無気味な仮装の男が現われ、少女を奪って死に追いやる。運転手もあとを追って死ぬ。

映画が終わるころになって、

「ただいま」

芳美が帰って来た。

「よくわからん。歌と画面はいいけど」

「いい曲よね」

芳美のハミングは正調だ。

「死体置き場に訪ねて行ったりして……あの世に訪ねて行くのとはちがうよな」

「カーニバルってすごいんでしょ。賑わいの最中に死がいきなり襲って来るって、そういうストーリーじゃないの」

「そうかも」

人間たちは歓喜に酔いしれている。そのときにこそ死が近づいて来るのだ。それが神話の示す教訓なのかもしれない。

——小谷野はどう言うかな——

今度会うことがあったら……あまり会いそうもないけれど尋ねてみよう、と思った。

本来のギリシャ神話に触れておけば……オルフェウスはエーゲ海の北岸トラキア地方の出

身で、ホメロス以前の最高の詩人にして音楽家、竪琴を奏でて歌う詩歌はまさに生きとし生けるものすべてを感動させてやまなかった、と、これはもちろん伝説である。ニンフの一人エウリュディケを妻とし、この上なく愛していたが、エウリュディケは暴漢に襲われ、逃げる途中で草むらに住む蝮《まむし》を踏んで咬まれ、あえなく命を失ってしまう。オルフェウスの悲しみは深い。

「エウリュディケを返してくれ」

と冥界にまで訪ねて行く。生きている者が簡単にたどりつけるところではないのだが、オルフェウスの奏でる楽の音が、冥界の番人たちを魅了して仕事を忘れさせ、とうとう冥界の王ハデスと王妃ペルセポネの前まで行く。王も王妃もオルフェウスの歌に聞き惚れ、願いを聞いて、

「返してやろう」

「でも、太陽の光を仰ぐまで、けっして振り返ってエウリュディケを見てはいけないわ。見たら、おしまいよ」

「わかりました」

オルフェウスは喜び、暗い道のりを地上へと返したが、そのうちに、

――エウリュディケは本当にうしろからついて来ているのだろうか。ペルセポネが騙した

んじゃあるまいな——

不安にさいなまれた。

音ひとつ聞こえない闇なのだ。背後にはなんの気配も感じられない。

我慢しきれずにオルフェウスは体をひねって、うしろを見た。

エウリュディケは、そこにいた。でも、

「あ、あァ」

声をあげ、姿はたちまちうすれて消えていった。

オルフェウスは再び冥界へと踵《きびす》を返したが、渡し守のカロンが、

「今度は駄目だ」

どう願っても冥界へ行く川を渡らせてくれなかった。

泣く泣く地上に帰ったオルフェウスは、エウリュディケを忘れられない。哀歌を奏で続けたが、ほかの女たちが、

「なによ、あの男」

「エウリュディケだけが女じゃないでしょ」

「許せないわ」

怒りを買い、女たちに襲われ、八つ裂きにされ海に捨てられた。首と竪琴だけが、エーゲ

海の北端の島レスボスに流れつき、島人の供養を受けた。以来この島は吟遊詩人の宿となって栄えた、とか。

この島はレスビアン、つまり女性の同性愛者の語源とされているが、これはこの島生まれの女流詩人サッフォーが娘たちの愛を詠じた詩を残しているから。ＢＣ六世紀ごろの史実であり、オルフェウスとの関わりは薄い。

そして、もう一つ、多くの人の記憶に残る映画〈黒いオルフェ〉は、ブラジルの詩人が書き残したストーリーをマルセル・カミュが脚色・監督して作った名作だ。リオのカーニバルを舞台にして生死を超えた宿命的な愛を描いて、いくつもの映画賞を受けている。とりわけ主題歌となった〈カーニバルの朝〉は郷土色をたたえて哀調を含み、不思議なストーリーに抜群の効果をそえている。主人公たちの名はオルフェとユーリディスと神話に因《ちな》んでいるが、ストーリーは必ずしも原話にそうものではなく、有名な冥界行きは含まれていない。

確かに……。

愛の喜びに酔いしれているとき、密かに死が忍び寄って来るのかもしれない。

だから恐ろしい。

恐ろしいけれど、人生の一つの真実かもしれない。

——でもオルフェウスがタブーを冒して振り向いたのはなぜなんだ——

人間の心の弱さを暗示しているのだろうけれど、

——小谷野の言ってたことも、おもしろいな——

恭介は考えるともなく心に留めた。

それと言うのも、四カ月ほどたって同級会の知らせが故郷から届いた。幹事に親しい男がいて、オフィスの昼休みに電話が入り、

「来いよ、六年ぶりなんだから」

「うん」

「この前も来なかったろ。たまにはいい、田舎の空気も」

新宿から二時間あまり。日帰りの旅でよい。

「そうだな」

「嫁さん、もらったんだろ」

「うん。だいぶ前だよ」

「まいんち楽しいだろうけど、一日くらい見なくたって。たまには我慢しろ」

「それは、ないいな」

「絶対、来いよ」

「じゃあ」

と答えてしまった。

土曜日の午後……。急行は停まらない。途中で乗り換え、見慣れた山並みを見て故郷の駅舎に着いた。駅前の商店街は、

――コンビニエンスができたのか――

しかしシャッターを降ろしている店も目立つ。自転車置き場が新しく設けられて、ここには若い人たちの出入りがあった。

すぐに急な坂道のあるのが駅前通りの特徴だったのに、ひどくゆるやかに変わっている。気をつけて通らないと、坂があることとさえ忘れるほどだ。

――そうなんだよなあ――

どの街でも坂道は舗装が進むたびにどんどんなだらかになるものだ。

橋を渡った。

川土手もコンクリートで固められて味気ない。水だけはきれいに流れている。

――蛍の名所だった――

少し上流へ行ったあたりか……。今は無理だろう。恭介がいたころにも季節が来ると蛍の同好会が大量に仕入れて放っていたはずだ。〝今晩五百匹蛍が出ます〟なんて、ちらしが配

られていた。

――あれ、今でもやっているのかな――

コンクリートの水路では、それももうないのかも。

会場は町営のホテル。結婚式場に利用されているようだ。

「よおっ、久しぶり」

「どうも、どうも」

三十人くらいが集まっている。男女共学だったから、女性も七、八人たむろしている。

「俺、覚えてるか」

「覚えてる。忘れんよ、その顔は」

しかし名前のすぐに思い出せない奴もいる。特に女性は……むつかしい。

――小谷野は来てるかな――

さりげなく探したが、いない。東京からの出席者は少ないのだろう。七、八人は上京しているはずだが……。

幹事の挨拶に続いて自己紹介、それから近況の報告が始まる。聞いていると、

――こいつは、昔からこういう奴だったな――

本性はそう変わらないものらしい。まれには、

——えっ、こんなに外向的な人だったっけ——

女性については印象をあらたにしたが、それは昔の印象のほうが不充分だったから。きっとそう。

剽軽《ひょうきん》な奴がいて、

「カンニングで校長室に立たされた成田です」

と言って敬礼をする。

「あったっけ、そんなこと」

「ポマードの試験です。英単語でペアレントってのが出て、うしろからヨースケが〝りょうしんだ〟って言うから〝良い心〟と書いちまって、やっぱり良心が咎《とが》めるんだろうって……」

そんなこともあったような気がするが、作り話かもしれない。恭介の番になり、

「去年の春、遅ればせながら人並みに結婚しました」

と報告すると、いきなり、

「十歳年下だってよォ」

声がかかり、

「けなりーい」

これは〝うらやましい〟こと、久しぶりに土地言葉を聞いた。けなりくて当然。並みいる

女性たちより、

――芳美はいいよな――

そう思いながら首を振った。

立食の歓談に変わってビール、地酒、りっぱな椎茸《しいたけ》を煮つけて、どんぶりにいっぱい持ち込んだ女性がいる。昔から世話好きの人だった。

急に肩を叩かれ、

「小谷野に会う？」

と尋ねられた。

「いや」

「会社、近くだろ」

「うん。しばらく前、偶然会って、近くだとわかった」

「奥さん死んじまった」

「えっ。いつ？」

「つい、このあいだ。二カ月前かな」

「へえー、知らなかった。奴こそ結婚したばかりじゃなかったのか」

「そう。きれいな奥さんでね。でも最初から体が弱かった」

と、くわしい。

「ふーん」

「奴の会社と取引きがあるから、俺、ときどき会ってたんだ。結婚式にも出たよ。めっちゃきれいな奥さんだった」

「そりゃ、残念だな。つらいな」

「ああ。通夜にも行った。寂しい通夜でさ。客は少ないし、そのうえ十時になったら〝みんな帰ってくれ〟って言うし……。どうしてるかな。来月また会うけど」

「ああ、そう」

気の毒だが、恭介がわざわざ小谷野のオフィスを訪ねるケースではあるまい。

二時間ほどさんざめくうちに同級会は次の幹事を決めて終わった。

二次会にちょっとだけ顔を出し、東京へ帰る最終の列車に乗った。酔いが残っている。目を閉じながら小谷野のことを考えた。この前に話していたことを……。

――ただの無駄話じゃなかったな、あれは――

どう言えば、いいのか。美しい妻を迎えて、でも体の弱い妻だったから、小谷野は妻の死を覚悟していたのかもしれない。それで、

――そのときはどうしよう――

あの世まで訪ねて行きたい。「返してほしい」と訴えずにはいられない。それは昔学んだ高校の、裏山の奥にある竪穴《たてあな》、そこを降りて行けばいいのだろうか。

――マン・イズ・モータル――

たとえ訪ねて行ったところで生き返ることはありえない。

――オルフェウスはなぜ振り返ってしまったのか――

もう一度、最後に、しっかりと見ること、しっかりとその姿を記憶すること……。

列車の窓の外に……いや、恭介の脳裏に、妖しい光景が浮かぶ。めくるめくイメージがかすめる。弔問者がみんな帰ったあとの部屋の中。灯りが皓々《こうこう》と映えるベッドの上で……。思い出を留める限り、いとしい人は生き続けるのだ。

狂った時間がタクチクと流れていく。

恭介は頭を振って心を平生に取り戻した。家に着いたのは十二時過ぎ。芳美は眠らずに待っていた。

「お帰りなさい」

「うん、起きてたのか」

「ええ」

この夜も芳美を抱いた。

——すばらしい。本当にいとおしい——

恭介は愛の歓喜に酔いしれていたのかもしれない。

それから一カ月足らず、芳美が急死した。研究所の事故だった。有毒のガスを吸い込み、そのまま倒れた。桃色の肌のままの死だった。マンションの一室で型通りの通夜を営む。

「眠っているみたいね」

「本当に」

寝息まで聞こえそうだ。

芳美には近しい親類がいない。恭介も似たようなものだ。十時を待って弔問の客たちに、

「お引きとりください」

ことごとく帰ってもらった。たった一人に……二人だけになった。

そっと白い衣装を剝《は》いだ。

ガラス窓幻想

——たった一つの恋で人生が変わった——

賢三《けんぞう》はときどきそんなことを考える。

——それほど大げさなことじゃないか——

とも思う。どの道自分の人生はこんなもの……。自分の性格が決め、自分で選んだ道である。映子《えいこ》のせいではない。

しかし、そうとわかっていても、その映子への思いが真摯《しんし》であったことの証しとして、

——たった一つの恋で人生が変わった——

と、そんな思いに酔ってみたいときがある。寂しさは、ひたむきであった失恋の矜持《きょうじ》なのだ、と……。

映子を知ったのは大学一年のとき。賢三は二年も浪人をして道草を食っていたし、映子は二歳年上で、ずっと大人だった。

アルバイト先で話しかけられ、その瞬間から、

——すてきな人——

と思った。文字通りの一目惚れである。

　映子は、賢三がアルバイトで一カ月ほど通ったショールームの経営者の娘で、たまたま手伝いに来ていたのだった。狭い事務室で「私も飲むのだから」と紅茶をいれてくれた。賢三は昼休みに外へ出たついでにケーキを買って帰り、

「どうぞ」

と、ぎこちなく勧めた。

「あら、エクレア。おいしそう」

と、無邪気である。それが馴《な》れ初《そ》めだった。仕事のあと、どちらからともなく誘いあい、ティールームへ行ったり、食事をご馳走になったりした。まれには賢三がおごった。

「見たい映画があるの。古い映画。場末だからいっしょに行って。ガードマン」

　少し仲よくなっていた。

「いいすよ」

　池袋の……池袋を場末と言ったらまずいけれど、大通りから少し入った小さな映画館だった。外国映画の文芸特集をやっていて、映子の目的は〈華麗なるギャッツビー〉。賢三はなんの予備知識もなかったけれど、フィッツジェラルドの代表作、ロバート・レッドフォードとミア・ファローの主演、とあとでわかった。

よい映画だったが、二人のその後についてなにかを暗示していたのかもしれない。貧しい青年が富豪の娘に恋をして破れる、というストーリーだったのだから。

賢三は父を早くに失い、母一人子一人の生活、その母も病弱で間もなく他界した。映子は富豪の娘でこそないが、紛れもない良家の娘である。〈華麗なるギャツビー〉に誘ったのは、なにか底意があってのことだったろうか。

——それは、ちがうな——

まだつきあって日も浅く、そこまでは思案していなかったろう。それに、そういう企みはこの人の性格にそぐわない。

映子は町の外国語学校でフランス語を習っていた。賢三は顔を合わせる機会を増やすために同じ教室に通った。初めから中級クラス。映子は驚いて、

「アヴォアールの変化くらい、やった?」

「うん、もちろん」

なんとか辻つまを合わせ、いいところを見せようとして、あはは、結果として上達した。

映子はどんな人か……と言えば、なにもかも普通の上、草食動物のような黒い眼がかわいらしい。とびきりの美女じゃないけれど、

——やっぱり特上だなあ——

知れば知るほど賢三にはそう見えた。文字通りのひいき目。どんどん好きになった。

——この人と一生を過ごしたい。きっとそうなる——

とさえ思った。

映子は優しいし、明るいし、常識通りに考える。屈折がない。途中から賢三の思慕にも気づいただろうが、

——そういう親しさとはちがうから——

つまり……どう説明したらいいのだろうか、年齢も育ちもちがう、多少の親しさが通いあっても、

——結婚とか、そういうこと、ありえないでしょ——

そう思っていたにちがいない。普通に育った良家の娘は突飛なことを考えない。賢三とは恋愛ごっこくらいのことはあっても、それが精いっぱいのところ、それさえちゃんと考えていたかどうか疑わしい。とてもすてきな〝お姉さん〟だった。

賢三もそのあたりを気づかないでもなかった。それでも、やっぱり好きになる。駄目だとわかれば、もっと好きになる。もちろん肉体関係など、かけらもあろうはずがない。相手は清い人なのだ。賢三も、

——そんなこと、けがらわしい——

そばにいて、話しているだけでよかった。

——この世で最高の人——

少なくとも自分にとっては、文字通りかけがえのない人だと信じて疑わなかった。

しかし賢三が大学三年生になり、将来を考えるころになって当然の破局がやって来る。普通の人は家族の認める普通の結婚を選ぶものだ。選んだというより、それが初めから決まっていた道筋だったろう。粋《いき》がって妙な冒険なんかしない。賢三は彼女に好かれていたとは思うけれど……それは信じてよいだろうけれど、彼女の人生を変えるほどの男性ではなかった。結婚の相手は少し前から予定されていたのかもしれない。

「ごめんね。私はこれしかやれないの」

それが別離だった。

なーに、世間にざらにあることだろう。だが、あえて言えば、

——俺の愛は、とことん本物だった——

その点において世間にざらにあるものではない、と思った。

もちろん、これは自己欺瞞《ぎまん》。そう信じたいから、そう信じているだけのことだろう。でも、

——半分くらいそうかもしれんぞ——

とも思う。そのためには、その証しをたてなければなるまい。

母が死に、親しい親族はだれもいない。たった一人の境遇だった。どう生きてもかまわない。のたれ死にだって、だれが気にかけるのか。

――失恋の虚しさを一生背負って生きよう――

さいわい海外と関わりの深い商事会社に就職して、

――いよいよ、さすらいの人生か――

初めからよくわかっていたわけではないけれど、異国に単身で赴任して厳しいビジネスに関われば、厭《いや》でも心身がさすらうようになる。すぐに根なし草、デラシネの心に浸されてしまう。もともとそういう性格だったと言われれば否定はできないけれど、

「破れた恋の矜持よ」

粋がって生きるのが身についてしまった。

いつしか映子と別れて八年がたっていた。昨今は、残念ながら若い日々を思い出すことも珍しい。時折、映子を心の隅に浮かべて、

――忘れてる、このごろ――

〝去る者日々に疎し〟という言葉が、賢三の現実に染み込んでいる。失恋の矜持も飛び石みたいに飛んで、今に土をかぶって埋もれてしまうのだろうか。

久しぶりに東京へ帰った。一、二年は滞在することになるらしい。街を眺めて、

──珍しいな──

やけに霧が深い。まるでロンドンの夜みたいに。地球温暖化のせいで気象が少し変わったのかもしれない。

二年あまりパリに住んで五日前に帰国、恵比寿に近いところにワンルームを借り、今日の午後、簡単な引越しをすませた。

──時差がきつい──

いくら海外生活に慣れても、これはべつもの、体質によるものらしい。急に眠くなったり、いっこうに眠りがやって来なかったり……とりわけ西から帰ったときはきつい。一週間くらいは苦しむ。

ベッドに入る前に散歩に出た。ナイトキャップを求めて……。外地ではたいていそうしていた。

一帯はちょっと不思議な市街地である。渋谷にも近い。だが繁華街の発展にとり残されて丘の下にいろんな住宅が疎《まば》らに散っている。ずいぶん古風な家もあるし、モダンな設計の洋館もある。アトリエらしい造りもあって、

──画家の住まいかな──

そんな想像がふさわしい。珍しいほど雑多な住宅地に安っぽいプレハブもあれば、

――これもプレハブなのか――

建築会社のパンフレットから抜け出して来たような瀟洒《しょうしゃ》なオフィスもある。畑もあるし、虫の声も聞こえる。少し行けば墓地もあるらしい。

通る人がだれもいないのを見て鼻歌を歌った。

「別れた人に会った、別れた渋谷で会った……」

確かタイトルは〈別れても好きな人〉。歌は、渋谷で久しぶりに会って、原宿から赤坂、乃木坂から一ツ木通りと連れそって、グラスを傾けるのだ。

――いいねえ――

まれには、そんな夢を見ることがある。だから、渋谷を歩けば、ヒョイと〝別れても好きな人〟に会うかもしれない。

――だれに？　あえて名前は言うまい――

坂を上って下った。

酒場は、この小さな盆地の入口から二、三十メートルほど表通りに行く角にあった。マンションの下見に来たときから、

――ここなら近くて、いいかな――

独り住まいの立地条件として考慮に入れておいたことだった。

飲んべえならだれでも覚えがあるだろうけれど、酒場とは相性がある。飲む時間帯、飲む酒、飲み方、好みはいろいろだが、

——なんとなく、ここ——

落ち着くところがある。ひとめ見ただけでピンと来る。滅多に外れない。

それを確認するためにも、ドアを押さなければならなかった。

——小さな店だな——

カウンターに五席。ボックス席が……長椅子が向かいあって、それぞれ四人が坐るほどのスペースが二つ、軽食くらい出すのだろうか。マスターがたった一人で仕切っている。近くに住む人だけを当てにしている店だろう。

それでも棚に並ぶ酒壜は多彩だ。賢三にはこれが大切だ。

たいていはグラッパを飲む。ストレートで飲む。ブランデーの一種だが、葡萄のしぼりかすから取ったアルコールを蒸留して造る。かなり強い。そこがうまい。

だからグラッパを置いてない店は、それだけでペケ。賢三の好みは微妙にうるさくて、たとえグラッパが置いてあっても……それを好む客がいて、たまたま一本だけ棚の隅に寂しく立っているのは合格とは言えない。アルコール類を広くそろえているから、その中になんの

違和感もなくグラッパの壜が立っているような感じ、それが好ましい。

カウンターには先客がいる。二人連れ。マスターと話し込んでいる。常連だろう。

――毎晩来ているのではあるまいか――

ずいぶんと寛《くつろ》いで、なじんでいる。賢三は二人の隣に坐るのははばかられて、

「グラッパ、ある？」

マスターに問いかけながらボックス席の奥にドーンと腰をおろした。

「シングルですか」

「ダブルで」

「はい」

マスターは七十歳くらい。蝶ネクタイに赤いチョッキ。いっときは、もう少しましな店のバーテンダーを務めていたのだが、

――今は、この二階が住まいなのかな――

職住一致の生活を楽しみながら老妻と暮らしているのではあるまいか。

二人の客は……一人は長髪をうしろで束ねている。なにを生業《なりわい》としているのか、音楽方面か、演劇方面か、それも本業ではなく、ほかに稼業を持ちながら趣味にも充分に身を入れて自由にやっているような感じ。横顔は整っている。やっぱり役者かもしれない。〝オキさん〟

と呼ばれているので、

——沖田総司、だな——

総髪に因《ちな》んで、そんな剣豪を思い浮かべた。

もう一人の客は、おもしろくもなんともない。丸坊主に作務衣《さむえ》。風采は僧職のようだが、

——絶対にちがう——

賑やかで、軽そうで、なま臭い。なにかの小売店の二代目くらい。経営は安定しているから遊びながら暮らしていても、そうは困らない。夜ごとに酒場に顔を出しているのではないのか。

——当たっているかどうか——

賢三はこんな想像をめぐらすのが好きなのだ。話にも耳を傾けて、また、あれこれ想像を広げたりする。

「あんなとこで変な占い師に声をかけられてさァ」

総髪の男が、よく通る声であきれたように言う。彼が言う〝あんなとこ〟は、この近く……渋谷方面からこの住宅地に入って来る道が二つあって、その遠いほうの入口あたりのことらしい。これまでの話から、

——きっと、そう——

と見当をつけた。人通りのない角である。

「男？」

「女。頭から黒いの、スッポリかぶって顔だけ出している。〝ボンソワール〟と来たもんだ」

「あんたがフランス語、話すこと、知ってんだ」

「そりゃどうか。こっちも〝ボンソワール〟よ。日本人じゃない。ジプシーかな」

「渋谷にジプシーがいるかよ」

「にせものくらいいるんじゃないのか。〝サヴァ〟って言ったらニタリと目が笑って、あとは日本語だったけど、ついつい千円払っちまった」

「占い料か」

「そう」

二人の飲み物は水割り。マスターはウーロン茶を飲んでいる。賢三はグラッパのグラスを二本の指でつまんで、喉に流した。たちまち胃の腑が熱くなり全身に酔いが走る。目が眩《くら》む。意識は霧の夜だ。もともと急にストンと眠くなる癖があるのだが、やっぱり相当に疲れているのだろう。夢かうつつか、いつのまにかまどろんだらしい。

――やっぱり、そうだった――

夢の中で思い出している。考えている。

――パリに行ったばかりのころだったな――

どこかの人けない街角でいきなり黒いジプシー風の女に声をかけられた。占い師だったろう。

「ボンソワール」

女が坐っている。

そのまん前で賢三が立って首を振っている。

――あのころはフランス語がよく聞き取れなかった――

首を振って逃げ去ったが、今度はオフィスの先輩が……卓《たく》さんが、その女の前に立っている。流暢に話している。卓さんはフランス語のうまい人だったが、

――よくないぞ――

激しい恐怖を覚えて、

「行きましょうよ」

と卓さんの袖を引っ張ったが、先輩は聞く耳を持たない。女と二人で邪悪に笑っている。

このへんで目をさました。

睡魔に誘われても、そう長くは眠っていない。ほんの二、三分、とても短い。これもいつもの癖なのだ。

恐怖が胸に残っている。半分は……いや、ほとんどが、昔、本当にあったことだ。それをここで夢に見たのだ。

卓さんは日本に帰り、間もなく退職してしまったが、

――なんだったのかな――

占いが当たって……当たったのかどうか、ひどいことが起きたのは事実だった。賢三はすぐに逃げてしまったから、占いの恵みも被害も受けなかったけれど、卓さんは同じ占い女に、多分同じところで声をかけられ、足を止めて耳を貸したらしい。後で話を聞いた。

「モンマルトルから少し行ったとこ。女占い師が〝今夜、坂下からガラス窓を見ろ〟って、そう言うんだ。あの先の丘の上に変な出窓の家があって……知らない？　おれ、前に住んでたからよく知ってる。その家にでかい窓がある。そこに今夜、三カ月後のおれが映るんだとさ。言われて、わざわざ寄り道をして、見た、見た。ボーッと影が映っていて、男のくせにバレエを踊ってた。いよいよ俺も会社を首になってダンサーになるんか、そう思ったわ。あははは」

とてもダンサーになんかなれそうな人ではなかった。みんなで大笑い。だれも占いを信じていなかったろう。

が、それから二カ月ほどたって、彼は自動車事故に遭って、片脚を失ってしまった。

――バレリーナと見たのは……トーで立つダンサーに見えた、片脚の男ではなかったのか――

賢三ばかりではなく、オフィスの何人かがそう思ったが、口には出さなかった。賢三としても占いを信じるつもりはなかったけれど、強く記憶に残った。

――俺も声をかけられたんだし――

ジプシー女は「日本に行きたい」と言ってたらしいけど……。

そして、今……。酒場のボックス席で目をさますと、長い髪を束ねた男が似たようなことを話している。これはパリでもなければ夢の中でもない。

「この先、少し行ったとこ、高台にでかいガラス窓があるだろ。あそこに三カ月後のおれが映ってるってんだ、今夜だけ」

「一晩限定か」

作務衣の男が半畳を入れる。マスターも笑いながら聞いている。

「そうらしい」

――パリと同じ話だ――

多分、賢三は話し声を小耳に挟みながらまどろんでいたのだろう。夢というものは、目ざめたあとでストーリーを作って辻つまを合わせるものなんだとか。

「あんた、行って……ガラス窓、見たんだろ」

「見た、見た」

「どうだった」

「映るわけないだろ。なんにもなし。しかし、千円出してもいいくらい、あの女、雰囲気あったなぁ」

「占い師が？」

「そう」

「本場もんかな。ジプシーで」

「文化遺産だよ、世界文化遺産。あんたも行ってみろよ」

「上り口の角？」

「ああ。マスターも。いいこと、あるかもしれんよ」

「あはは、私ゃ無駄金があるなら馬券買いますよ」

「そう言えば、このあいだ、万馬券が出たんだって？」

このあたりでカウンターの話題は競馬のほうへと移った。賢三はグラッパを飲み干し、

――今夜は、これでやめとくか――

と席を立った。

「ご馳走さん」

「あ、どうも」

「また来ます」

「どうぞ。お待ちしてます」

三人の視線を受けながら店を出た。店の名は〈ロジェ〉。

――薔薇の木か――

寝る前に飲むのにはわるくない店だ。マスターの風貌がバーにふさわしく、さりげなくグラッパを出すところもいい。小さなバーは酒の種類も少なく、もったいぶってグラッパを出したりするところが多い。賢三はわけもなく、それが厭なのだ。根なし草が飲む酒は、さりげなく出てくる強い酒がいい。

バーを出て、

――どうしよう――

帰路とは反対に進んだ。もう少し渋谷に近い街を歩いてみたかった。

「別れた人と会った。別れた渋谷で会った……」

普通の奥さんがこんな時刻に裏街を歩くはずがない。

――どのへんかな――

この夜はジプシー女はいなかった。

オフィスでは夕方の五時を過ぎると半分ほどが席を立つ。残業は日本でも悪しき習慣に変わっているようだ。

「おっ、帰ってたんだって？」

取引先の知人が……古い遊び仲間が訪ねて来た。片野さん、大学の先輩だ。

「つい、このあいだ」

「歓迎会をやろう」

「いつ？」

「今晩。目鼻をつけてある。勝ち逃げはいかんよ」

この男の誘いは酒ではない。麻雀……。ひところはよく囲んだ。賢三は〝鬼〟と言われるほど強かった。本気で取り組んでいたからだろう。以前にはよく勝っていたから、人生を通じて「勝ち逃げはいかんよ」という意味らしい。

「いいけど。十時くらいまで。まだ時差なんかで体がシャンとしないんですよ」

「じゃあ、ほんのちょっとだけ」

携帯電話を取り出し、すぐにメンバーが決まった。

——何年ぶりかな——

海外で麻雀を楽しむことはほとんどない。メンバーがそろわない。

久しぶりに古い仲間と麻雀卓を囲んで、ああでもない、こうでもない、勝手なことを言いあっていると、

——日本だな——

しみじみそう思う。心地よさが込みあげてくる。

——こんなときは負ける——

ギャンブルはすさんだ気持のときのほうが勝つ。今夜は、その通り、かんばしい成績ではなかった。

片野さんが勝った。天和《テンホー》をあがった。天和は最高の役満貫《やくまんがん》。一生、麻雀を趣味にして一度あるかないかの奇跡である。

あがった当人が感慨深そうだ。

「占いって信じるか」

「うーん、あんまり」

日本では、このごろはやっているらしい。ジプシー女も卓さんに「日本に行けば儲かる」と言っていたとか。片野さんは真面目な面持ちで、

「ギャンブルで勝つって言われた」

「へぇー」

「たまたま酔っぱらって街頭で聞いてみたんだ。そしたらギャンブルが大吉。大吉だけじゃわからんから、どういう吉なんだ？」

「ディテールを聞いたわけか」

「そしたら、とんでもないものを引き当てるって。すごい幸運にあうって」

天和は腕前と関係ない。運だけの賜物。占いはみごとに的中したと言ってよいだろう。

「運にはかなわない」

「ああ。またやろう」

ほかの二人も頷《うなず》いていたから、この誘いはこの先増えるだろう。

狛江《こまえ》に帰る片野さんとタクシーに同乗して、

「ここで結構です。すみません。今夜はどうも」

広尾を過ぎたところで降りた。

「お、ありがとう。またやろう」

「おやすみなさい」

疲れてはいたが、このまま帰っても眠れないだろう。アルコールが必要だ。少し歩きたい。

――そう言えば――

ほんの少しだけ気にかかることがある。気にかかるというより、

――好奇心かな――

酔狂と言うべきかもしれない。しかし、

――あの角かな――

と思ったあたりに黒い影が坐っていた。小さなテーブル、四角い灯だけが光って黒いベールを照らしていた。

「ボンソワール」

と賢三が声をかけると、

「ボンソワール」

正しいフランス語の響きだ。賢三が来ることを知っていたように頷いている。

「こんなとこ、通行人がいないだろ」

とフランス語で言えば、

「あなたが来る」

自信が籠《こも》っている。

「千円でいいんだろ。俺の運勢を占ってくれ」

今度は日本語で言った。日本語がどれだけできるのか、試してみた。

「ウイ」

「三カ月後を教えてくれるんだろ」

彼女の占いについて、多少知識のあることをほのめかした。占い師は古い懐中時計を出して、ベールの中の意外に大きい目を凝らして見てから、

「もうすぐ今日じゃなくなる。急いだほうがいい。この先の古いお家のガラス窓、あんたの三カ月後が映っている」

りっぱな日本語だ。日付が変わる前に「見ろ」ということか。

「今夜限定か」

「ウイ」

と笑った。そうして「早く行け」と手で指す。確かに……。賢三の腕時計も十一時四十七分を示していた。

「ア・ビヤント」

ひとこと告げて少し行き、振り返ると、女はもう帰り支度をしていた。

ガラス窓の家も、

――多分、あのへん――

見当をつけてある。高台にあるから、見上げて探す。

——あれか——

月が出ていた。十三夜くらい。明るい夜はガラス窓によく映るのか、どうか。どうせなにも映っていまい、と予測していたが……なにかが見えた。ぼんやりと映っている。人のような影。一人ではない。二人……三人、四人……。

——なーんだ——

麻雀卓を囲んでいるのか。

麻雀をやったあとだからヘンテコな幻視を起こすのかと、さらに見つめると……まちがいない、周囲を見まわし……窓の下に近づくことはできないのだが、それでも場所を少し変えて、光を変えて眺めると、

——やっぱりな——

と思ううちに消えた。十二時を過ぎていた。

——なんなんだ——

首を傾げながら夜道を踏み、少しまわり道をして〈ロジェ〉のドアを押した。

それから一カ月ほどたって賢三は〈ロジェ〉で、またあの二人組に会った。グラッパを二

杯飲んで、もうぼつぼつ退散しようと考えているときだった。二人は共通の仲間について、

「あいつは馬鹿だ」

「女の趣味がわりいんだよ、いいかみさん持っているのに」

噂話に興じていたが、作務衣が急に思い出したみたいに、

「あの女の占い師、おれも千円奮発した」

「いつ」

「先週かな」

「どうだった」

「オキさんとおんなしよ。なんにもなし」

「あははは」

賢三は小耳に挟みながら、

「お勘定」

会計をすまして外へ出た。

――まだいるんだ――

賢三はその後、見ていない。十年前にパリで見た女占い師に似ているような気がするけれど、黒いのをすっぽり被っているんだから、みんな似ているだろう。同一人物と考えるほう

がおかしい。

ただ、やることは似ている。同じ仲間なのかもしれない。同じ流派なのかもしれない。少し離れたところに大きなガラス窓のある一角を見つけて店を出す。そして、そこに映るものを眺めるように勧める。それで千円は高いが、あんなところに店を出して、一晩に何人客がつくのか、二、三千円くらいじゃ、むこうもわりのいい仕事じゃない。なにかほかに目的があるのかもしれない。たとえば、なにかの連絡係……。恵比寿コネクション……なんて極秘情報とか麻薬とか……。

帰国して一カ月を過ぎると東京の仕事もだんだん忙しくなる。それでも夜の散策はやめられず、グラッパをあおり、ときにはギャンブルにつきあい、だんだん強くなった。

――ここでまた根なし草かな――

目的のない生活に耽《ふけ》った。

銀座の文具店のエレベーターで九階まで昇ってしまい、そこはティールームになっているのだが、ふと見ると女性が一人で坐っている。

――ああ、映子の色だな――

衣裳の配色を見ただけで、思い出せる特徴があるのだが、さらによく見ると、

「あっ」

「えーッ」

映子本人ではないか。少し太ったが、まちがいない。別れも劇的だったが、めぐりあいも劇的だった。

「久しぶり」

「本当に。どうぞ」

映子は和紙を求めてこの店に来て、買い物のあと雰囲気のよいティールームで寛いでいるのだとか。

「あなたは？」

「うん。モンブランのインクを買いに来て、そのまんま上りのエレベーターに乗ってしまった」

「本当に。お時間、あります？」

「もちろん」

なくとも、ある。

思いがけない出会いに驚き、その驚きはその後も続くこととなった。昔ながらのデートが日ならずして復活した。そして、

「主人を亡くしまして」

「いつ？」

「一年たったわ」

幼い子を連れて実家へ帰っているのだと言う。

二人の成り行きについて、もうくどくどと述べることはあるまい。神も照覧《しょうらん》あれ。

――おれは正しかった。おれにはこの人しかないと思ったんだから――

曲折はあったけれど、行くべき道はやっぱり用意されていた、と言うべきだろう。映子の父親も弱っていて、会社の経営にも助力がほしいのだと言う。

二カ月後にささやかな結婚式を挙げ、渋谷のマンションを引き払った。引越す前にちょっとだけ〈ロジェ〉に顔を出した。

――あの占いは、なんだったのか――

気がかりが残っている。それがジプシーの魔力なのだろうか。

「あの人、来る？　オキさん？　髪を長くして束ねている人」

「お知りあいですか？」

「いや、ここで知りあって」

と嘘をついた。

「ご存じないんですか、亡くなりましたよ、自動車事故で」

「えっ、本当に」

まったく考えていなかったことではない。ガラス窓になにも映らなかったのは三カ月後に、

――この世に存在しないから――

ではないのか。もう一つ気がかりがあって、

「いつも一緒の作務衣の人？　どうしてます？」

と尋ねたのは、彼は賢三より一カ月ほど遅れて、同じ占いを買い、なにも映らない窓を見たのではないのか。そんな話だった。

馬鹿らしいことを考えた。

――まだ生きているなら〝気をつけろ〟と連絡してやりたいところだが――

しかしマスターは首を振り、

「うちのお客さんじゃないから。オキさんの連れってだけで」

くわしくはわからないらしい。賢三は戸惑いながら店を出た。

――当たるぞ、あの占いは――

映子には二人の子がある。幼くて、とてもかわいらしい。賢三はもう根なし草ではいられない。麻雀なんかトンデモナイ。いつも四人で食卓を囲んでいる。

鞄の中

電力不足の影響で会社が急に二日間の休業を決定した。

「どうするかな」

健一が顎をさすると、

「検査を受けていらっしゃいよ。いい機会じゃない」

と妻の圭子が言う。

圭子の叔母が綜合病院に勤めている。評判のいい医師らしい。健一は三十七歳。体は丈夫なほうだが、今日このごろ、検査の必要がないでもない。夫婦のあいだで話題になっていた。

子どもがいないから家族サービスの需要は薄い。妻は自由に生きている。

「予約しておきますから。ウィークデイだし」

「ああ」

まず初日は大田区の病院へ行き、あとのほうの一日は自分だけの雑務に……。それというのは、

「健一さん、あなたの荷物があるから取りに来てくださいよ」

前々から遠縁の従姉《いとこ》に言われていたから……。池袋から五十分ほどの町へ訪ねて行くことにした。

その町には祖父の家があって、学生のころと、それからサラリーマンになってからも少し、健一は都合三年ほど世話になった。当時を思い出すと、

――ずいぶんと勝手気ままに暮らしていたなあ――

放逸の日々が甘い苦さをともなって脳裏に甦《よみがえ》ってくる。本当によく遊んでいた。あそこの家を出たのは、詰まるところ、都心に遠く夜遊びが不自由だったからだろう。あのあと友人のアパートに転がり込み、渋谷で暮らすようになった。祖父が他界し、祖母が死んでしまうと、もうあの古い家に親しい親族はだれも住んでいない。十年あまり、すっかり縁遠くなっていたのである。

ところが物置きの隅に健一の私物が残っていたらしい。

「そんなもの、捨ててくれていいよ」

ろくなものがあるまい。

「でも大事そうなものもあるわよ。とにかく私が勝手に捨てるわけにいかないから一度見てよ」

従姉は電話口でしつこく言う。処分にはそれなりに手間ひまがかかるだろう。放っておく

わけにもいくまい。口うるさい女《ひと》なのだ。

「じゃあ、行きます」

「いつ」

「近いうちに」

「早くね。もうすぐ家の解体が始まるから」

ちょうどよい機会がめぐってきた、と言えなくもない。気がかりなことは、面倒でも一つ一つ手早く処理しておくほうがいい。サラリーマンになって覚えたビヘイビアの一つである。

「ちょっと行ってくる」

「帰り、遅いの？」

「遅くない。夕方だ」

朝寝をして、ゆっくりと朝食をとり、それでもいつもの出勤とは一時間ほどしか変わらない時間に家を出た。圭子はカルチャー教室へ出向く予定らしい。

通勤時間を外れた電車は、山手線までが「時間調整をおこなっております」とかなんとか、間のびした運行になっている。今朝早く人身事故があったとか。腕時計を覗き、

――もういい加減平常に戻っていてもよさそうなものなのに――

よほど厄介な出来事らしい。それにしても昨今は人身事故がやたら多いような気がする。

三つも四つも電車を乗り換えて行くときには、たいていどこかの線で事故が起きているような気がする。正直なところ、

——電車なんかで死んでくれるなよ——

そう思っている人は多いだろう。はた迷惑だし、充分に無残な、痛ましい死に方だ。しかし、当人はそんなことには思い到らないのだろう。冷静であるはずがない。ふっと死に誘われ、そのまま電車に飛び込んでしまう。きっとそう。

池袋からの電車はすいていた。席に坐った。

——ずいぶん変わったなあ——

気がついてみると、この電車に乗るのも、十年ぶりくらい……いや、もっと久しぶりかもしれない。近距離はともかく、遠くまで行くのは本当に珍しい。

駅の名前だけは学生のころの記憶が残っているが、駅そのものも沿線の様子もちがっている。田園から街へ、と変化している。

——見ている俺も変わっているしな、多分——

まったくもって若いころは、なにも考えていなかった。自分勝手に生きて、それで通るものだと思っていた。通るとか、通らないとか、それさえもろくに考えていなかったろう。就職ひとつとってみても、

――金融関係なんて、安定してて、よさそうだな――

そう思って信用金庫に職をえたが、この十数年、とても安定なんかしていない。それに、経済の動向に直結するエコノミストを夢見ていたのだが、とんでもない。三年で系列の企業に出向を命じられ、ずっと総務部に配属されたまま、金融とは関わりのない雑務ばかりを扱っている。組織の事情は複雑だ。学生の小さな頭で考えることなんか、たかが知れている。

「初任給が高いぞ」

と喜んで入社しても、経営のよしあしはそれとはちがう。本当に待遇のいいところは初任給なんかで見栄を張らない。

「世界をまたにかけるぞ」

と、むつかしい試験を通って通信社に入った奴が、ずっと福利厚生を担当させられて腐っていた。いろいろ考えると、

――まったく若いころは暢気《のんき》だったな――

つくづくそう思う。だから、夫婦二人でそこそこに暮らしていければ上々だ。

終点に近い駅で降りて駅前通りを踏んだ。街の様子は変わっていても、道そのものは変わるまい。

――そうでもないのかな――

ここはずっと昔の街道筋なので、ところどころに古いものが残っている。そのころに比べれば道筋もずいぶん変化しているにちがいない。

少し歩いたところで、

――あ、そうか――

このまま行くと〝時分どき〟……つまり昼食の時間にかかるだろう。電話では「午後に行きます」と伝えておいたはずだ。思ったより早く着いてしまった。

――まずいぞ――

それに手ぶらじゃないか。どこかで買い物をするつもりでいながら、すっかり忘れていた。昨日は「これを叔母さんに」と好物の和菓子を圭子が用意してくれたからよかったけれど、今日は自前で調達しなければなるまい。

圭子はおしなべて健一の親戚方面には関心が薄い。

――まあ、当然だよな――

近しい親戚はいないし、健一自身が親しくつきあっていないのだから、圭子は顔ぶれだってよくは知るまい。

それに、若いころのこととなると、

「ろくなこと、してなかったんでしょ」

と健一の素行に疑いを抱いているふしがある。女の勘は鋭い。

「それほどでもないよ」

知られたくない部分がないでもなかった。

駅前へと道を返し、

――果物でも買って、それからコーヒーでも飲んで時間を潰すか――

と企てたが、途中に古い寺が一つある。

――これ、かあ――

昔からあった、と思う。そこが〝十年に一度の秘宝を公開〟と看板を立てている。〝これぞ怪奇、河童《かっぱ》のミイラ〟とそえてある。寺から西へ一キロほど行ったあたりに、かなり大きな沼があって、いかにも河童が棲んでいそうな雰囲気だった。昔々、河童を捕まえた男がいたけれど、その夜のうちに仲間が三匹助けに来て、ついでに男をさらって行ったとか。翌朝には男の死体が沼に浮いていた、などなど伝説にはこと欠かなかった。古寺がミイラを所持しているのも、まことしやかである。

健一は、どちらかと言えば、この手のゲテモノに興味を持つほうだ。観光地ではたいてい見てしまう。寺の門の前に立って、

――前からあったかなあ――

とんと記憶がない。十年に一度の開帳ということなら見逃す確率も高い。

門の敷居をまたいだ。まず本堂に参拝し、それから二百円を払って横手の宝物館へ入った。入ってすぐのところには、これは常設の展示物なのか、新田義貞など武将の刀剣、書状、松尾芭蕉など文人の同じく書状や持ち物、さほど価値の高いものではあるまい。四帖半ほどの別室があって、これが特別展、今回の目玉である。一メートルほどのガラス・ケースがポツンと置いてあった。

先客が……若い男女がいて、覗き込んでいる。薄暗くて、すぐにはよく見えない。だが、目が慣れるにつれ、

――これは、なんだ――

三十センチほどの褐色の物体……。頭があり、四肢があり、目をうっすらと開けている。かつては四つ足の生き物であったもの……。

――河童なのかな――

河童なんているはずがないのだから、河童のミイラであるはずはないのだが、

――じゃあ、なんなのか――

この手の展示物は猿と鮫《さめ》とをつなげて人魚を作ったり、犬と烏《からす》とを混ぜあわせて烏天狗になったり、そういう合成のインチキ作品がほとんどだが、これは上出来だ。細工が巧みであ

る。頭に変なものを……枯れた蔓草《つるくさ》を巻いてつけているが、全体として妙になまなましい。

——猿なのかな——

それよりも、じっと見ていると、もっとべつな想像が頭をよぎる。隣に立った男が、

「人間の子じゃないのか。赤ん坊とか」

と呟く。

「そんなの、人殺しじゃない。犯罪じゃない。死体遺棄とか」

「昔は大ざっぱだったんじゃないのか」

「でも……ひどいわ」

「だからお寺に持って来たんだ。供養してくださいって」

「本当に？」

「嘘、嘘、猿かなんかだろ」

健一も同じことを考え、同じ結論に達した。

脇にミイラの由来を綴った説明書があって、これは充分に古い書きつけである。古沼の由来を書き〃けだし河童なるべし〃という文章が読めた。現代文の解説もあって、これも〃かつてこの近在の漁師が捕らえて、後学のためにミイラとした〃と曖昧《あいまい》な説明が……河童の実在を訴える論調が、そえられていた。

――なるほどね――

レントゲン撮影とか遺伝子検査とかを実施すれば、すぐに種あかしができることだろう。しかし、あえてそんなことはしない。それでいいのだ。古い伝承は、それなりに生きて伝えられているほうが、人間の歴史にふさわしい。生きていることの不思議さを教えてくれる。古い街健一の会社の屋上にはお稲荷様が鎮座しているんだから、河童のミイラを笑えない。古い街道筋の街には無気味な沼があって人々がそれを恐れながらも享受していた、と、その気配を伝えて、

――これもふさわしい――

と納得した。

長くは見物していなかった。果物を買い、予定通り〈スターバックス〉で時間を潰し、一時過ぎに席を立った。

「久しぶりねえー」

従姉は喜々として言う。

そう言われるほど親しくつきあっていたわけではない。かろうじて加代さんという名前を覚えているくらいの関係だ。

「はあ、どうも」

なにを話していいのかわからない。

「すっかりりっぱになって」

昔に比べれば、それなりの社会人にはなっているだろう。

「そうですか」

「子どものころは体が弱かったのに」

「今だって、とくに丈夫ってこと、ありませんよ」

「やんちゃだったから」

「忘れました」

加代さんはなにか知ってるのだろうか。はっきりとした記憶があるわけではないが、

――まちがいなくこの人は老けたな――

お婆さんの領域に入り込んでいる。口もとの皺《しわ》など半端じゃないぞ。それがにこにこ愛想笑いをして、気味が悪いくらい。この従姉が健一を知っているのは、ずっと幼いころ……あのころは口うるさかった。その後もそんな評判をよく聞いた。

しかし、たまに訪ねて来た人に、とくに無愛想である必要はあるまい。年を取って少しは穏やかになっただろう。手みやげの果物籠《かご》も安物じゃないんだ。

「この家もいよいよこわすことになってねえ」

このあたりの事情はすでに聞いて納得していた。もともと健一に関係のあることではない。

「ご厄介をかけます」

「結構始末が大変でねえ。物置を見てたら奥の隅に〝健一私物〟って書いたダンボール箱があって……ちょっと覗いたけど、ごめんなさいね」

「いいですよ。ごみばかりでしょ」

「大切なものかどうか、ほかの人はわからないわ」

「すみません」

「そのまま戸口のところへ出しておいたから」

「すみません」

同じ言葉を告げて加代さんの指さすところへ向かった。

やっと抱えられるほどのダンボール箱。確かに〝健一私物〟と書いてある。祖母の字かな。蓋《ふた》を開けると、本が二十冊ほど、受験用の参考書、大学で使ったテキスト類、マンガ雑誌が二冊、太い折り畳み傘、動きそうもない置き時計……。だが、

――なんだろう――

すぐに目についたのは、隅に置かれた小包だった。茶色の紙で包まれて、この家の住所と

健一の名が黒いマジックで記されている。左肩には古い郵便切手、消印の墨が斜めに走っている。裏返すと……小泉早苗、これには住所がない。

——あの人か——

文字を見たときから、察するものがないでもなかった。

急いで包み紙を破った。

中は……赤茶色の鞄。大きな本みたいに四角く角張っている。上部に金属の留め金が二つつき、ナンバー式の錠がかかっている。すぐには開かない。

振り返ったが、加代さんの姿はない。

——なんのつもりかな——

手紙のようなものはそえてなく、ただ開かない鞄が一つだけ、である。意図的にこういう荷物を送って寄こしたのだろう。そのときには健一はすでにこの家を出ていて、多分祖母あたりが健一に渡すつもりでいながら、そのままダンボール箱の中へ紛れ込んでしまった……。祖母が死んでしまえば配慮をほどこす人はいない。

手に取って見れば鞄そのものには覚えがある。一度か、二度、見た。少しずつ遠い記憶が戻って来た。

「男物みたいでしょ。嫌いなの。あげようか」

ハスキーな声で話す女《ひと》だった。

「鍵までかかって、大げさね」

「いらない」

確かに女性が持ち歩くには、どこかそぐわないデザインだった。だれかにもらったものらしい。

「ナンバーを記憶させるんだろ」

「そう。私の誕生日、月と日と……四桁」

「よくあるパターンだよな」

「いいのよ。忘れると困るから」

「うん」

とりとめのない会話を思い出したが……その誕生日が思い出せない。だからすぐには開けられない。「誕生日になにかプレゼントしてよ」と言われていたけれど、贈った覚えはなかった。

加代さんの足音が近づいて来て、

「どう?」

「がらくたばっかし」

「あら、いい鞄じゃない」

「うん。これだけかな。あとはいらないんだけど、捨てるの、大変なんですか」

「ほかのものもみんな処分しなけりゃいけないから、いいわよ、いっしょにするから」

「お金がかかるようなら……」

「いいわよ、どの道、業者に頼まなきゃいけないから」

「そうですか。すみません。お願いします」

家そのものを解体するらしいから、ダンボールの箱ひとつくらいどうとでもなるだろう。

「いい鞄が一つ出てきて、よかったじゃない。ガールフレンドからのプレゼント?」

男物に見えないこともない。

「ううん、そうじゃないけど。これだけ持ち帰ります」

ダンボール箱の底まで探ったが、めぼしいものはほかになかった。

「紙袋、ありませんか」

「あるわよ」

鞄だけを紙袋に納めて帰りの荷物とした。

これにて本日の所用は完了である。お茶を飲みながらとりとめのない会話を交わし、頃を計って、

「じゃあ、失礼します」

「もう帰るの」

「ええ、少し用もありますので」

「そうなの」

むこうも引き止めない。四時を前にして辞去した。紙袋ひとつをぶらさげ、振り返って、

――この家とも、おさらばだな――

ほんの少し懐かしいが、惜しいと思うほどのことはない。今さらどうしようもない古い建物だった。


小泉早苗とのことは……あのころの汚点である。よい気分にはなれない。

――むこうもいい人じゃなかったよな――

たまたまつきあってしまった男女の仲……。若いころにはありがちのことだろう。

大学で知りあったが、彼女は大学生ではなかった。大学の近くの書店でアルバイトをしているような話だったが、適当な相手を物色していたのかもしれない。健一より一つ年上。すぐに親しくなった。すぐに体の関係ができた。

健一は若かったから、多少のあやうさを感じながらも誘われれば拒めない。いや、おいし

いことをほざいて歓心を買い、恋というよりひたすら女体をむさぼった。とくにきれいではなかったが、白い女体は目が眩《くら》むほど快かった。

　短いつきあいだった。大学生の終わりのころ。全部をたし合わせても一年より短い。健一の就職が決まり、サラリーマンになると早苗は結婚をほのめかすようになった。

「そういうことじゃなかったろ」

「あら、男と女って、仲よくなったら、そういうことよ。責任とって」

「責任って、なんだ」

「責任は責任よ」

　結婚が無理なら金銭をせびろう、とそんな感じがないでもない。早苗にはほかにもボーイフレンドがいるらしい。

　――厭《いや》な女だな――

　健一は不安を覚えた。世間にはざらに転がっているトラブルだったろう。

　早苗を避けるように努めた。祖父母の家を出たのは一つにはこのためでもあったろう。早苗はしつこくは追って来なかったけれど、

　――ただではすまないかも――

　底意地の悪さを恐れたのは本当だった。

考え直してみれば健一がいい加減で、エゴイストだったのであり、早苗はただ男が好きなだけ、関係がこじれて女として言いたいことを言っていた、それだけのことかもしれない。

むしろ悪いのは、

――俺のほう――

それがわかるから、あの時期を思い出すのは、うしろめたいのである。

「子どもができたわ。どうする？」

とも言っていた。

「困る」

「産むわよ。育てて」

「やめろよ」

「勝手ね」

ただの脅しだろうが、恨みがましいまなざしが心の奥のほうにしばらく残っていた。

帰りの電車に揺られながら遠い日のあれこれを思い返した。忘れたいことが多いから、思い出せることは少ない。浮かぶのは断片的な光景ばかりだ。

やっぱり初めて抱きあった日のことが鮮明だ。池袋の喫茶店でコーヒーを飲み、

「出よう」

と早苗が言い、

「うん。出て、どうする？」

スタスタと行く早苗のあとを黙って追った。ひっそりとした路地に入り、ようやく見当がついた。それでも、

「どこ」

と尋ねると、

「あそこ」

健一はラブ・ホテルに入るのは初めてだったけれど、早苗は慣れていた。少なくとも初めてではなかったろう。店のシステムを知っていた。料金も彼女が払ってくれた。

「あたし皮膚が弱いの」

ことさらにこう呟いた意味は少しあとでわかった。ゴムが嫌いなのだ。

「あ、そう」

部屋がやけに小さい。ベッドが大きい。シャワーを浴びてすぐに抱きあい、

——こんないいことが、あるんだ——

ただで女が抱けるなんて真実ラッキー、と思った。癖になった。四六時中、同じことを考

えた。もちろんそれからあとは無料とはいかず、親が仕送る学資や乏しい小遣いをむしり取られたりもしたが、

——恋だからな——

と自分を説得していた。

あのころの記憶は……独特だ。恥毛が眩《まぶ》しかった。その下に、ひっそりと割れて濡れる感触がいとおしかった。女体を貫いて、

——この一瞬と一生を引き替えてもいい——

と思わないでもなかった。ことが終わると、

——それはまずいよ——

反省の理性がすぐに頭をもたげ、

——これは恋愛じゃない。ただの肉欲——

と気づかないでもなかった。

今にして思えば、懐かしいのか、いまいましいのか、よくわからない。

——あれも青春——

それにしても若いころはどうして肉欲があれほど心を狂わせてしまうのだろうか。造物主の悪巧みとしか思えない。

——ああ、そう言えば——

十分ほど電車に揺られヒョイと思い出した。

「私、誕生日、カブなのよ」

「えっ?」

「カブ、知らない?」

「会社の株?」

「ちがう。ほら、賽《さい》ころとか。たして九になるやつ」

「ああ、知ってる。三と六とか」

「そう」

あのときは若い女が博打の用語を知っているのを危ぶんだが、任侠映画なんかがはやっている時期だった。そんなテーマが話題にのぼっていたのだろう。

——だとすれば——

吊り革を握りながら考えた。

一年のうち、月と日を加えて九になる日は少ない。

全部で四桁の数を作るとなれば、月のほうは十月、十一月と十二月のどれかではあるまいか。〇一月、〇二月……というケースも考えうるが、なんとなくちがうような気がする。

池袋の駅に着いた。

山手線のホームの隅っこまで行って……わけもなく人目を避けたいと思ったのだが、この配慮は適切だったろう。

まず十月の十七日……。鞄のダイヤルを一〇一七に設定してフックを押してみた。

変化なし。

ついで十月の二十六日も変化なし。十一月に移って一一一六を試したが、これも変化なし。

十一月の二十五日、一一二五にしてフックに触れると、
パチン。

金具が撥ねた。

蓋を開ける。チェックのハンカチ。なにかがくるまっている。そっとほどいた。

――えっ……なんなんだ――

周囲を見まわす。電車が着いて人の出入りが激しい。

もう一度見た。

五センチほどの褐色のかたまり。河童のミイラと同じ色。原形を留めない。でもなにか生き物の残骸みたい……。そばに細い紙がそえてある。

〝あなたの子です〟

と細く記してある。

鞄を閉じ、紙袋に戻し、次の電車を待った。家に帰り着くまで、

——どうしよう——

恐怖に似た不安が消えなかった。


「お帰りなさい」

「うん。ただいま」

「どうでした？」

「べつに。どうってことない。案の定、大切なものなんか、なんもなかった」

「そうでしょうね」

鞄は洋服簞笥《だんす》の奥に隠した。圭子が風呂に入るのを待って、もう一度開けて、中を確かめた。褐色の、歪《いびつ》なかたまり。

——よくわからない——

しかし、かつては命を持っていたもの。それがミイラ化したもの……。そうかもしれない。

お寺で見た河童のほうが、

——もっとなまなましかったなあ——

それにしても、

――なんのつもりなんだ――

もし本物だとすれば……早苗の行動は普通ではない。悲しい、恐ろしい。詰まるところ、悪意を感じないわけにはいかない。それに、

――これって犯罪じゃないのか――

本物なら殺人にならないのか。ずいぶんと昔のことではあるけれど……。

――俺は共犯者かなあ――

道義的に問われることはあるだろう。それにしても、

――早苗はどうしているのかな――

幸福より不幸な日々を考えてしまう。いろんな男とつきあって……同じことをくり返して……。

――もう関係ないけどな――

顔さえもよく思い出せない。手芸とか編み物とか手先の器用な人だったが、それにしても、

――どういう手順で、あんなものを作ったのか――

信じられない。どう入手して、どう加工して……。

よくない夢を見た。三日間あれこれ考えたすえ、近所の墓地の片隅に埋めた。菊の花を一

本立てて拝んだ。鞄も捨てた。

圭子にはもちろんなにも話さない。圭子にはもっと大切な思案があった。

「来週また病院へ行くんでしょ」

「ああ、月曜の午後」

「検査の結果、そのときにくわしく言われるんでしょうけど、叔母さんから〝一応圭子ちゃんには言っとく〟って」

「なにを」

「あなた、やっぱり赤ちゃんを作れないみたいよ」

中学生のときに患ったお多福風邪が悪かったのだろうか。

「本当に？」

「そうみたい。私はいいけど」

「うーん」

夫婦には、もう少し語りあうべきことがありそうだ。

「命に関わる病気じゃないんだし」

と圭子はこだわらない。が、健一は考える。そして、

「いや、命に関わっているよ」

妻はちょっと顔をあげ、夫を見つめながら、

「あ、そうね」

と健一の言葉を理解したようだ。

墓地の隅に埋められた命のようなものは、

――なんだったのか――

健一はあらためて男女の営みがもたらすものについて……いや、もたらすはずでありながら消えていくものについて、思いを馳《は》せた。

海を見る女

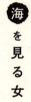

「行ってみるか」

和彦は突然思いついたように妻の陽子を誘った。

「ええ」

「海がきれいだぞ、きっと」

「休み、とれるの?」

鄙《ひな》びた観光地を訪ねるにはウィークデイのほうが楽しみが深い。

「ああ」

西伊豆の海浜に訪ねてみたい宿があった。が、それが第一の目的ではない。

「天気、どうかしら」

「しばらくは晴天が続くらしい」

これもテレビの週間予報でかいま見ておいたことだ。

「いいわね、たまには」

この前夫婦二人で旅に出たのはいつだったろう。すぐには思い出せない。

「じゃあ、明日。二泊三日で」

「ずいぶん急ね。でも、いいわよ。いい気晴らしになりそう」

「それがいい」

支度のむつかしい旅ではない。翌日の昼下がり、こだまに乗って三島駅まで。一時間ほどの乗車なのに途中の駅で待機させられ、あとから来るのぞみに抜かれてしまう。

「くやしいわね」

と陽子が軽く呟く。

――六十に近い女がそれを言うかね――

と和彦は案じたが、本気でくやしがっているわけではあるまい。

「あははは。システムがそうなっているんだから仕方ない」

「失礼します、とか」

「だれに言うんだ。抜かれるほうはくやしくても抜くほうはなんとも思っていないさ」

「そうなのよね」

「人間のエゴイズムだな。横断歩道だって自分が車に乗ってるときは〝こんな横断歩道いらんだろ〟って思うけど、歩いてるときは、横断歩道がもっとこまめにあったほうがいいと思う」

「あたし、エゴイストじゃないわよ」

「うん」

おおむねは公平な人柄だ。良識も備えている。いつも、というわけではないけれど……。

三島駅で駿豆《すんず》線に乗り換えて修善寺まで行く。駅前でタクシーを拾って土肥《とい》の宿へ着いたのは四時過ぎだった。

宿は山の中腹にあって、部屋の窓からは雄大な駿河湾が一望できる。ベランダに出て首を伸ばすと、はるか北の方角に富士山が見えた。

秋の日の海は刻一刻と変化して急速に夕べの姿へと移っていく。黒味を帯びた群青が日の光を受けて輝き、やがて赤へ、赤へと映えていく。気がつくと本日は、水平線上にほとんど雲がない。

「すてき。夕日が海に沈むわ、あのへん」

と陽子が指をさす。

「うん。珍しい。雲のない海へ落ちるのは」

まったくの話、太陽がそのまま海へ落ちていく光景を望むのは珍しい。たいていは海上に雲が群がり、直接夕日が海に沈む様子を目撃することは、ない。ないに等しい。

「見られそうよ」

「すごいおまけがついたな」

「一等賞ね。日ごろの心がけがいいからかしら」

「だれの？」

「二人の」

「そう信じよう」

苦笑が浮かんでしまう。

太陽は見る見る西の水平線へと近づき、一端が海に触れると、陽子がおどけて、

「ジューッ」

と唇を尖《とが》らす。火の玉が水に接し、耳を澄ませば本当にそう聞こえそうな風景だ。

いったん海に触れると太陽の沈むスピードは思いのほか速い。見つめるうちに半円になり、扁平となり、オレンジ色の点と化してフッと消える。とたんに海に浮かぶ赤の色が薄くなり、色を失い、一転、空が……西の空に点在する雲がまっ赤に染まる。空の茜色《あかねいろ》はどんどん広がり、やがて色を薄くして鈍色《にびいろ》に変じ、沖のほうから海は暮れ始める。太陽は一日の仕事を終えて、今はどこへ急いでいるのだろうか。点在する漁船の姿が、あそこにも、ここにも目立つように変わった。鳥たちも山々の巣へ帰ろうと、数羽ずつ群がって夕空を横切って行く。

「すてき」

「滅多に見られないぞ。こんなみごとな日没は」

「ええ。初めてよ。来てよかった」

「ついている」

「本当ね」

しばらくは暮れなずむ海を眺めていたが、遊覧船らしい姿を見つけて、

「明日はあれに乗ってみよう」

「沖に出るの？」

「いや、半島にそって下って行くはずだ。どんどん海が大きくなる」

「島が見えるかしら。大島とか」

「いや、方角がちがうだろ」

「でも、いいわ。大きい海が見えれば」

宿の夕食は豪華ではあったが、特筆するほどのものではない。卓上を飾る伊勢えびは見かけはりっぱだが、味はいまいち。

「日光の一つ手前」

「なによ、それ？」

「日光の一つ手前に今市って駅がある」

「やめといて。おやじギャグって笑われるわよ、秀樹たちに」

と言ってから口を歪め、微妙なものが陽子の表情をよぎった。

夫婦には二人の子がある。友子と秀樹。友子は去年嫁いで平穏に暮らしている。甘え上手の娘だ。が、秀樹のほうは……少しちがう。少なくとも陽子は息子の昨今に納得のいかないものを抱いている。

和彦は伊勢えびをほぐしながら、

「民宿なんかのほうが、かえって味がいいかもしれん」

と白い身を喉に送った。

民宿のほうが器は貧弱でも中身は野趣に富んでいて新鮮な味を並べてくれるのではあるまいか。

「でも、おいしいわよ、やっぱり」

主婦たちは、上げ膳据え膳だけで相当に満足するところがある。

「なら、いい」

陽子のための旅なのだ。陽子がおいしければ文句はない。漁《いさ》り火の散り始める海を見ながら夫婦ともども少し酔った。

夜が進むと、今度は黒い空に月がかかった。下弦の月……。今夜の海には満月を望みたいけれど、それは贅沢が過ぎる。半分の月でもわるくない。

陽子が首を傾げて、

「月って海に沈むの？」

「うーん、どうだろ。さっきの太陽みたくになあ」

「見たいわ」

「少しずつ海に沈むの……聞いたこと、ないな。無理なんじゃないのか」

「出るとこも聞かないわね。海から月がのぼります、なんて」

「山かげから覗くってのはあるけどな。どうなんだろ。もともと月は自分で光るわけじゃないから……。太陽の光を反射してるんだろ。ある程度の高さに達しないと、光れないんじゃないのか。わからん。だれに聞けば、知ってるだろ」

「秀樹なら……」

秀樹は学力優秀。母親の誇りたい息子なのである。

食後にまた温泉につかり、テレビを見て眠りについた。

「朝の海、見るか」

「日の出？」

「海からはのぼらない。東は山だ」

「じゃあ、ゆっくり寝てるわ」

「うん」

和彦は夜中に小用に立ち、ふと思い出して障子を開けて夜空を探すと、月は西に低い。

——この先、いつ消えるのかな——

微妙なタイミングで海へ沈むこともあるのだろうか。

——太陽との角度が問題なんだろうな——

思案は夢の中にまで続いた。

そして確かに月の出る夢を見たけれど……女の子が月を追いかけて野中の道を遠ざかって行く。ひどく寂しそうなうしろ姿だ。

——友子かな——

と娘のことを思った。振り返った顔はさらに悲しそうだ。

——しあわせに暮らしているかな——

いつだって親は子のことを思っている。

——よい結婚をしたはずだが——

こればかりはわからない。急にまずくなることもある。

不安を抱いたのは夢の中だったのか、目をさました直後の意識だったろうか。

　朝の食卓で、

「友子の夢を見た」

「あら、そう」

「うまくやってるかな」

　婚家先の生活に思いを馳《は》せると、陽子は、

「大丈夫でしょ」

　と、なんの屈託もない。

「親なんて、いくつになっても子どもの夢を見たりするものなんだな」

「あら、私、見ませんけど」

　まさか。そんなことはあるまい。

　——この人なりの強がりかな——

　多分正解だろう。

「おれはよく見る」

　と言えば、

「夢なんかいくら見たって、なんの解決にもなりませんから」

「そりゃそうだ」

一つ大あくびをしてから、

「朝風呂に入って船の乗り場へ行ってみるか。時間を調べて」

「そうしてくださいな」

「今日もいい天気だ」

「ええ、ついてるわね」

フロントへ寄って船の出発時間を確かめた。

ロビーに張られた地図を、あらためて眺めて見ると伊豆半島は本当に大きい。

「さつまいもみたいね」

「まったく」

ニョッキリと垂れ下がって海を割り、相模湾と駿河湾とに分けている。これは地図を見ないと、わかりにくい。東海岸は下田まで鉄道が通じているが、西海岸にはその便がない。わずかに修善寺まで内陸部を走る鉄道があるけれど、ほかはもっぱらバスの運行が庶民の足となっている。自家用の車がなければ不便な土地であることは疑いない。

交通の便がわるいのは、マイナス要因ではあろうけれど、そのぶんだけ豊かな自然が残されている。なによりも海がすばらしい。西海岸は南北にほとんどまっすぐに続く海浜地帯であり、いくつもの町が点在して、海を楽しむ人を招いている。その海は、少し沖に出れば青い水を距《へだ》てて遠くまで富士山を望む地形だ。晴れた日には、これが特上である。堂ヶ島から波勝崎《はがちざき》へ行って帰るコースを選んだ。宿のフロントで、

「海を眺めるには、このコースが一番でしょう」

と勧められたからだ。付近には観光の名所がいくつか散っているらしいが、それは、まあ、いい。陸上はパス。今回は海を眺めるのが目的の旅なのだから……。晴天に恵まれ、この上ない群青の展望が広がっているだろう。和彦が、

――海を見よう――

と、さりげなく陽子を海に誘ったのは、理由のあることなのだ。それをどう説明したらよいのだろうか。

――陽子は気づいているかな――

ひとことで言えば、陽子は海を見るのが大好きだ。そして海を眺めると心が安らぐ、苛立ちが消える。それは当人も自覚しているだろう。

ただ和彦が三十年を超える結婚生活を通して、ふと気づいて信じていることがあって、それは、

――トラブルが生じたときは海を見せるのが一番――

おおらかな、美しい海に臨むと陽子の心は頑《かたく》なさを脱する。実例はそう多くないけれど、

三つや四つはある。そして、

――霊験《れいげん》はあらたか――

和彦はそれを願って、今回もこの旅を企てたのであった。

陽子のこの癖に気づいたのは娘の友子が小学二年生のとき。クラスの担任がひどかった。

今、考えてみても、

――どうしてあんな人が先生になったのかな――

と思うほど不適任な女《ひと》だった。
二十五、六歳。若い教師で、水泳がうまいらしい。だが、まず学力に問題がある。父母への連絡ノートに〝始終よそ見をして〟と書くべきところに〝四十よそ見をして〟なのだから、
陽子が、

「あきれて、ものが言えない」

と嘆くのも頷《うなず》ける。聞けば、その女教師は、

「私、子どもって嫌いなんです」

父母に向かってあからさまに開き直るようでは小学校には適さない。陽子がいち早く苦情を言ったものだから友子が睨まれ、意地悪をされたようだ。担任に意地悪をされたら幼い子はたまったものじゃない。和彦は、陽子の話だけを聞いてその先生を判断したのだから百パ

ーセント公平ではなかっただろうけれど、それを割引きして考えても、よくない教師だったろう。一年ほどして学校を去り、そのあと教職を捨てたと聞かされたが、それより前に……つまり友子の担任としてひどい仕打ちがあり、敢然と挑んだ陽子がひどく落ち込んだときがあったのだ。

「みんなで海を見に行こう」

和彦が提案して城ヶ島の海を訪ねた。寒い季節に入っていたが、その日は天気もよく、やけに暖かく、水族館へ行ったり、浅瀬で遊んだり、陽子は、

「ずいぶん近いところに、こんなきれいな海があるのね」

すっかり気に入って寛《くつろ》いでいた。子どもたちよりも楽しんでいた。たった一日のリクリエーションで、人相までが柔らかくなった。

もとより学校当局も不適切な教師への対策を講じていて、それがある程度功を奏し始めていたからだろうが、和彦の見たところでは、海へ行ったら陽子の苛立ちが収まった、と、そんな実感が湧かないでもなかった。あの日の三浦海岸は家族にとって確かに特上の喜びであったし、それを機にしてガラリと陽子の様子が変わったのは本当だった。

――この人、海が好きなんだ――

つくづく思った。

そこで、小さな諍《いさか》いのときは近間の海へ……たとえばお台場とか山下公園とかへ行ったこともあったが、次に覚えているのは、

――あれは鎌倉の稲村ヶ崎だったな――

和彦には苦い記憶がある。

天地神明に誓ってやましいことはなにもないのだが、職場の若い女性と親しくなったことがあった。二十歳そこそこ。すなおで、よい子だが、ボーッとしたところがある。みんなに馬鹿にされ、孤立していた。なんとか元気づけようとお茶に誘ったり、役立ちそうな本を貸し与えたり、親切にしてやったのは本当だ。少しかわいがってやった。上役としては無用心だったかもしれない。ご多分に漏れず妻の陽子に〝ご注進、ご注進〟と大げさに伝える者がいて、

「どういうことなの、みっともないでしょ」

陽子の眉根がキュキュッと寄った。

こんなときこの眉根はくっきりと八の字を描いてみごとに憎しみをあらわにする。少し怖い。

「どうってことないよ」

「どうだか」

しばらくは不機嫌が続いた。

うまく誘って稲村ヶ崎へ行った。秋空の下で美しい海を望む日だった。

陽子もさほどの出来事ではない、と気づいていたのだろう。結果として、海を眺めてわだかまりが解けた。

夫婦なんて、なにしろ長いこと生活をともにしているのだから、相手の考えくらい、たいてい見当がつく。いちいち口に出して言わなくとも見抜いている。見抜きながら知らんぷりをしていることも多い。和彦としては、

——この人は海が好き。海を見せれば無邪気に喜ぶ——

と知って、さりげなく海辺の旅に誘ったりしたのだが、むこうはむこうで、

——海に誘えば、それで私の機嫌がよくなると信じてるみたい。単純ね——

と見抜き、でも、まあ、しばらくは、

——そう思わせておくか——

くらいのところではないのか。その心理もまた和彦が察しているところだ。言ってみれば、妻の不機嫌にエンド・マークをつける儀式のようなもの、それをくり返しているのだ。

——それにしても、あれは……怖かったなあ——

和彦の心に強く残っているのは……そう、五年ほど前のことだ。シェトランド・シープ・

ドッグを飼っていたのだが、とても姿のいい、愛らしい様子の雌犬だった。

「ノーブルね。貴婦人よ」

「血筋がいいんじゃないのか」

ところが、近所の野良犬が……どうにも姿のわるい醜い雄犬がこっそりと近づいて来て、飼い主が気づいたときには、貴婦人はご懐妊。陽子の眉根がキュッとしまった。

「なんで、あんな下品な犬と……」

愛する犬を憎々しげに見つめていた。日々の生活にも苛立ちが見え始める。和彦も、

——困ったな——

と思い、

——また海かな——

戸惑っていたが、驚いたのは母犬が三匹の子を産んだとき……。それなりにかわいい子犬であったが、陽子はたちどころにそれを獣医に委《ゆだ》ねて殺した。決断の速さ、実行の早さ、少しもたじろぐところがなかった。和彦に相談さえしなかった。和彦としては、仕方ないことではあろうけれど、

——この人、生き物の命をどう考えているのかな——

と案じ、あらためて、

――この人には、こういうところがあったんだ――

手際のよさが無気味だった。少し怖かった。

このことと関わりがあるのかどうか、むしろ母犬には出産そのものが負担だったのかな、その後間もなく愛犬も死んだ。陽子はオロオロと泣いていたが、一連の出来事をどう考えていたのか、夫婦で語り合うチャンスはなかった。

ただ一層の不機嫌に陥り、とげとげした言動が顕著に見られるようになった。

もちろん海へ誘った。

二人だけで房総の先端、野島崎へ行った。フラワーラインに咲く花がすてきだった。海は、文字通り太平洋の気配を、潮風とともに運んできて申し分なかった。

陽子も儀式を待っていたのかもしれない。人生にはいつだって〝乗り越えなくてはいけない〟トラブルがある。ことの大小に差があるにせよ、いつまでもわだかまっているのはよくない。陽子は良識の人でもあるのだ。

かくてトラブルが起きると海へ行く習慣が定着しつつあったのだが、ここへ来て、こんな夫婦のあいだに、また一つ厄介なことが生じた。

息子の配偶者に関して……。

親馬鹿を承知で言うのだが、秀樹はどこへ出しても恥ずかしくない男子である。それなりの大学を出て、それなりの会社に勤めている。職場の覚えもわるくないようだ。

陽子にとっては一生懸命に育てた自慢の息子である。そうでありながら彼はマザコンの甘ったれに陥ることもなく、まことに、まことに自立精神の旺盛な好青年なのだ。独りで決心をしてアメリカに留学したり、就職も親たちを頼ることもなく自分で決め、自力で有望なベンチャー企業を選んだ。和彦としては、

「自分のことは自分で決めろ」

とりわけ二十歳を過ぎてからはこの方針をもっぱらにした。それにまっすぐに応える力強い男なのだ。不足はなにもない。陽子のほうも、

「当然よ。もう大人なんだから。自立がなによりも大切」

彼女はここでも良識の人であった。

ところが、すくすくと育った好青年が配偶者選びでつまずいた。つまり……相手の女性が、ひどいのである。

和彦は必ずしもひどいとは思わない。

——もう少しすてきな女性、いるだろうがなあ——

とは思わないでもないが、ひどいとまでは言うまい。人間のよしあしはそう簡単には決められないし、これは好みの問題だ。

ただ、陽子は許さない。認めない。せっかくここまで育てた息子を、おかしな女に預けてなるものか。盗られてなるものか。

「私は絶対に厭《いや》よ」

「しかし、当人たちが……」

「あなたが弱腰だから、こんなことになるのよ。弱みあるんじゃないの」

「あるもんか」

事情を述べれば、和彦の友人の娘に、サラリーマン相手に弁当サービスをおこなう会社を立ちあげた女《ひと》がいて、

「どこか企業を紹介してよ」

と頼まれ、秀樹の会社を教えたのがきっかけだった。ベンチャー企業には若い社員がいて、昼食や夕食に手間をかけるのを惜しがっている。

——便利かもしれない——

と思い、秀樹も、

「いいよ、十人くらい、需要があるよ」

そこで秀樹の会社を担当したのが下条あき野、三カ月後に秀樹の配偶者となる人だった。

器量のいい人ではない。母一人娘一人の境遇で、いわゆる良家の娘なんかじゃない。陽子

に言わせれば、

「なんで弁当屋の娘なのよ。器量もひどいし」

良識の人にあるまじき差別を言う。が、これはもう理屈ではない。秀樹はいとも冷静に、

「自分のことは自分で決めろ、ってそれがわが家の方針じゃなかったの。俺は決めたよ」

結婚式をあげることもなく同棲し、婚姻届もちゃんと出しているだろう。

「明るそうな人だ」

と和彦が取りなしても陽子は納得しない。

「照明器具じゃあるまいし、明るきゃいいってものじゃないでしょ」

「もうどうにもならんよ」

陽子だって秀樹の意志の固さ、決断の強さは知っているはずだ。いくら眉根を寄せてみても、これは結局認めるよりほかにないことを、うすうすと……いやいやながらも知っているのではあるまいか。

――時間がたてば解決する――

と和彦は思い、少しずつあき野という娘の人柄を知ってみれば、

――よい伴侶かもしれない――

息子を信じよう、という気持ちに傾く。陽子も、

「仕方がないわ」

眉根の八の字を少しずつ治め始めている。和彦としては、

――海だな――

頃あいを計っての西伊豆行であった。例によって陽子も、

――儀式ね――

と知っているにちがいない。わざとらしいほどにはしゃいだりしている。


遊覧船の客は二十人足らず。年配者の団体と若いカップル、それから中年のカップルも一組いて、これは〝わけあり〟の二人かもしれない。

陽子がずいぶんと楽しそうにしているので、和彦は、

「きのう、秀樹から電話があって、さ」

なにげないことのように呟いたが、海風のせいで陽子の耳に届かなかったのだろう。

「あの二人……」

と中年のカップルに視線を送って笑う。その二人はチョコレートを割ってなめあっている。

「うん、仲がいい。まあ、いいんじゃない。人それぞれだ」

「そうね」

波止場の付近で働く人たちが手を振っている。和彦も、陽子も手を振って応えた。たちまち大きな海が行く手に広がり、来し方を振り返ると、秋色の山々が高さにより色を変えて映る。

「すてき」

「ああ」

ことさらに厄介な話題を持ち出すこともあるまい。しばらくは、たゆたう海と、それを囲んで変化する対岸の風景を眺めていた。陽子は時折指をさして、

「あの岩、おもしろい形」

などと上機嫌だ。

波勝崎に着く。

「あら、猿なの」

眉根が少し寄った。

「そうらしい」

和彦は乗船前から知っていたが、陽子はいま気づいたらしい。

波勝崎では猿をなかば野生の形で飼育している。背後に山が迫り、学校のグラウンドほどの砂地に数十匹の猿が群がって生活している。

「猿……。好きじゃないわ」

「うん」

「小賢《こざか》しい顔しているでしょ。犬とちがって。犬のほうがずーっとかわいい」

どちらが賢いかはともかく、犬のほうがかわいいという意見には同意する人のほうが多いのではあるまいか。

船が着くと餌をもらえるので、十数匹が集まって来てせがむ。この施設の管理者が、年輩者のグループを相手に声高に説明していた。

「あそこにいるのが、今のボスです」

ひときわ高いところに坐して周辺を見おろしている。さすがに堂々として強そうだ。

「あっちにいるのが……あの歪んだ木の下にいるのが、去年までのボスです」

「うわーッ、かわいそう」

脚がわるいらしい。見るからに落魄《らくはく》の姿をさらしていて、わかりやすい。

「実力社会なのね」

「当然だろ」

年輩者たちは同情の声をあげてかまびすしい。陽子もじっと見つめている。

ややあって管理者が、

「あ、あれです」

と、十メートルほど先で静かに餌を頬張っている一匹を指した。

「どれ？」

「あれですよ。あれが目下の第一夫人です、ボスの……」

「あ、どれ」

「あれがそうなの」

「きれい。きれいじゃないの」

「本当」

衆目の見るところは一致していた。和彦も目を見張った。

——きれいだな——

健康にも恵まれているのだろう。中肉中背。毛並みがとても美しい。明るい茶毛に被われて、触ればフサフサと上質の襟巻のような感触ではあるまいか。顔立ちも……眼は草食動物さながらにつぶらで、ちっとも小賢しくない。おっとりとした印象だ。ピンクの顔色も若々しく、ほほえましい。

和彦は呟いた。

「なるほど。俺だってあの娘《こ》を選ぶ」

陽子の表情がけわしい。その横顔を見て和彦は、一瞬、

——しまった——

と思った。が、海風は吹かず、呟いた言葉は消えない。

陽子が首をまわし、はっきりと眉根の八の字を際立たせた。

「猿だって、ちゃんと相手を選ぶのに……」

昨日から続いていた安らぎは一気に吹き飛んでしまった。

美しい海の効能なんて、高が知れてる。ただの儀式であり、トラブルの本当の解決にはならない。畢竟《ひっきょう》あきらめの手続きにしかすぎない。

「まあな」

うって変わって重い気分のまま船へ戻った。

陽子はそっぽを向いている。ただ、ただ、ひたすらに不機嫌を表わしている。顔には……見えないけれど額の下に強烈な八の字が凹《へこ》んでいることだろう。

和彦もそっぽを向いたまま、

——言わずにおこう——

と心を決めた。

昨日、秀樹から電話があったのだ。

「お母さんにも言っておいてよ」

「うーん。自分で言うのが筋だろ」

「言ってもいいけど、かえってひどくなりそうだから」

「考えておくよ」

「じゃあ、俺、チャンスを見て自分で言うけど、少しだけほのめかしておいてよ」

「うん」

あき野が……配偶者が妊娠したらしい。

旅のあいだに、チャンスを見つけて陽子にほのめかしておこうと思ったのだが、

——やめておこう——

しばらくはなにも言わずにおこう。

一人甲板に出ると、海風が頬を打つ。身震いをした。窓越しに船室をうかがうと、陽子のまなざしがきつい。怖い。なにかしら感づいているのかもしれない。わけもなく、

——この人は、子犬を簡単に殺してしまったんだよなあ——

あのときの表情に似ている。

——わるい夢を見そうだな——

滅入《めい》ってしまう。なのに……海はあい変わらず美しい。今夕もまたみごとな日没を見せて

くれるだろう。陽子はそれをどう見るのか。和彦は首を振り、
——犬より猿のほうが賢いのかな——
と、よそごとを考えようとしたが、すぐに、
——人間は猿より賢いはずだぞ——
思案は現実に戻る。
旅が重い。海の気配もなんだか重く感じられた。

死んだ縫いぐるみ

電話がかかってきたのは正午少し前、オフィスは昼休みに入ろうとしていた。あとで考えてみれば、相手はこの時間を計ってベルを鳴らしたのだろう。

「もしもし」

石崎が囁くと、

「もしもし、石崎さん？」

女の声。若い声。

「石崎ですが」

「あのう、奉子《ともこ》です。銀座の……〈ペルル〉で」

と言い淀む。

「やあ、久しぶり」

〈ペルル〉は銀座八丁目、新橋に近いビルの地下にあったクラブで、今は閉じているはずだ。高級クラブではない。が、どことなくのどかな雰囲気で、石崎は営業を担当していたころ時折行っていた。三、四年も前のことである。

「あの、お願いしたいことがあって……ほんの十分くらい、お会いできますか」

「いいよ」

　奉子は〈ペルル〉で働いていたホステス、二十歳くらい……いや、もう少し上なのだろうが、子どもっぽくって、まったくすれたところが感じられない。酒場には珍しい。一応は石崎の担当で……つまり銀座のクラブではたいてい客ごとに係のホステスが決まっていて、なんとなく奉子が石崎の担当になっていた。

「どこへ行けば、いいんですか」

「えーと、今？」

「ええ」

「どこにいる？」

「近くだと思いますけど……八重洲の本屋さんの前」

　一度、店内で偶然出会ったことがある。

「じゃあ、そこのティールーム。今から十分後に行く」

「すみません」

　受話器を置いて周囲を見まわす。女性からの電話は珍しい。ジャケットを羽織り、

――なんだろう――

とエレベーターに急いだ。

――まさか借金じゃあるまいな――

それを頼まれるような関係ではなかった。

――勧誘かな――

またどこかのクラブに勤めていて〝どうぞ来てください〟と……。その可能性は否定できないけれど、

――ちがうな――

商売にそう熱心な感じではなかった。〈ペルル〉をやめて堅気の仕事についているような話だった。

東京駅の地下を行く。あちこちで工事が進んでいて、二、三日前に通ったところを迂回《うかい》しなければならない。少し遅れて約束のティールームに着いた。

「やあ」

「ご無沙汰してます」

奉子は立って、はすかいに体を曲げる。

若い。あい変わらず若い。少女の表情を残している。

「じゃあ、私も紅茶をもらおう」

奉子の飲み物を見て同じものを頼んだ。

「なにかな、急に」

すぐに用件を尋ねた。奉子は紅茶の香りに鼻を寄せてから、

「貝原さんお近くにお住まいなんですってね」

と上目遣いに見る。これも久しぶりに聞く名前だが、すぐにわかった。銀座でクラブの隅に坐っている姿が思い浮かぶ。

「ああ、ダンジー」

ダンジーは確か〝ダンディな爺さん〟を縮めた愛称だ。あのころ貝原さんは六十代の前半くらい、爺さん呼ばわりは少し気の毒だが、しゃれっけのある年輩者、ダンディの気配を漂わせていたのは本当だ。

「同じ町内ですか」

「いや、町はちがうと思うけど、おれんちから駅へ行く途中だ。あのへんで会ったことはないけど」

「お世話になったんでしょ」

「うーん」

と答える。どういう関係かと聞かれても困ってしまう。石崎の勤める会社の役員に貝原の

知人がいて、貝原自身もビジネスのうえで以前は石崎の会社と関わりを持っていたらしい。〈ペルル〉でいきなり声をかけられ、先輩のようにふるまわれて、ちょっと面食らったけれど、人柄がいいし、酒場で会えばそこそこに親しくしていた。そう、大学も先輩だったし、二度か、三度、あのあたりの老舗で酒食をご馳走になったこともある。上場企業を退職して顧問のような立場につき、気楽に遊んでいるような感じだった。

「よくごいっしょだったから」

「彼もあんたの担当だったね？」

「ええ。ずいぶんとお世話になったわ。かわいがっていただいて……。変な意味じゃないわよ」

「そりゃわかる」

親娘《おやこ》以上に年が離れているだろう。

「それで……」

とティーカップを置いて言葉を探しているみたい。

「どうされているかな、貝原さん」

〈ペルル〉が閉めてしまえば、消息を知るようなつきあいではなかった。

「それが、お病気で、入院されて、結構、重いらしいの」

目をあげて見つめる。

「あ、そう。わるい病気かな」

「そうみたい」

奉子は入院先を告げた。病院の名を聞けば、おのずとどんな病気か見当がつく。よくはない。

「お世話になった方だから、一度、お見舞に行きたいと思うんですけど……」

と言葉を濁す。

「いいんじゃない」

「でも女が一人、お見舞に行くの、なんだか変でしょ」

「変かな」

「やっぱり……」

「仲間、いないのか、あのころの」

「いません。私、あそこで孤立してたし、親しくなりたい人なんか、いなかったわ」

これはわかる。明るくふるまっていたけれど、周囲からは浮いていたにちがいない。

「なるほど」

「そしたら石崎さんのこと、思い出して……。ごめんなさい。もうお見舞にいらっしゃいました？」

「いや、いや、病気のことも知らなかった」

「じゃあ、いっしょに行っていただけないかしら。恩に着ます」

「うーん。いつ？」

「いつでも、ご都合のいいとき。でも面会時間があって、四時から六時まで、とか」

石崎はジャケットのポケットを探り、スケジュール帳を開いて、

「えーと、じゃあ今度の土曜日、どう」

「えっ、そんなに早く。よろしいんですか」

と喜ぶ。

「善は急げ、かな。ちょうどほかの予定があって……。いっしょに行くだけでいいんだろ」

「はい」

「じゃあ五時にしよう。昭和通りのホテル、なんて言ったっけ？　前に東武ホテルって言ってたとこ」

「あ、わかります。マリオットとか」

「あそこのロビー。四時五十分くらい。俺、わりと時間に正確なほうだから」

「はい。わかりました。遅れません」

奉子も赤い手帳を取り出して書き込む。それをハンドバッグにしまうのを見てから、

「あんた、わりと本が好きなんだよな」

文庫本が見えたから……。

「ええ。それっきゃ趣味がないみたい。前にもここでお会いしましたね」

「なにを読むの？」

「いろいろです。今は谷崎」

「えっ、谷崎って……〈細雪《ささめゆき》〉の人？」

「そうです」

「古いねえ」

「でも、好きなんです」

「いや、まあ、いいけど……。村上春樹とか」

「読みますけど、私、あんまり新しいとこ、好きじゃないんです」

「正統派なんだ」

「わかりません。ただ好きなのを読んでいるだけ」

「それが一番だよ」

ティールームは混みあっている。石崎がチラリと時計を見ると、

「あ、すみません。大切なお時間を潰しちゃって」

「うん。べつに。いい」

伝票を取って立ちあがった。レジに向かいながら尋ねると、奉子は薬品会社でＯＬをやっているような話だった。

「じゃあ、ここで」

「よろしく」

「土曜の午後四時五十分」

「はい」

別れて、さっき来た道を返した。


「おれは人がいいな」

信号の変わるのを待ちながら石崎は独りごちた。

そんな自分がけっして嫌いではないけれど、五十歳にもなって、まだ月並な善行を信じているようなところがある。よいことをするのは、よいことだ、と信じている。どんな親切だって、やったほうがいい。〝積善の家に余慶あり〟なんて、余慶なんかとてもありそうもないケースでも善を積んだりして独り悦に入っている。だから、ときには少し反省して、

——これって、お人よし以外のなにものでもないな——

と、われながらあきれることもある。

今日のところは……まあ、石崎としては通常のレベル。相手がだれであれ、頼まれれば厭《いや》とは言わないケースだろう。

だが、まったくの話、奉子とはそれほど親しい仲ではない。客とホステス。行きずりの知りあい。彼女のことはなにも知らないに等しい。彼女につきあって土曜日の午後をわざわざ潰さなければならないほどの知己《ちき》ではない。奉子はあい変わらずさわやかで、会っていてわるい気分じゃないけれど、

——若い女性なのでニコニコしちゃって——

と思えば、むしろ面映《おもは》ゆい。

——どういう人なのか——

事情をよく知らないまま頼まれてしまった。独り身なのか。なんの野心もないのか……。

それよりもなによりも、

——貝原さんかあ——

この人とも格別親しいわけではなかった。酒場の親しさなんて、たかが知れてる。その場限りのものだ。感じのいい人だが、本当のところはなにも知らない。深く考えたこともなか

った。病気になったからといって見舞に行くほどの相手ではなかった。

それに……病気の見舞なんて、よほど近しくなければやってはいけない。重病ならなおさらのことだ。石崎はそう思っている。見舞と言いながら、その実、様子を見に行くことも多い。

――この人、大丈夫かな――

善後策を考えるために足を運ぶのだ。表面では同情を装いながら冷酷に病人を見ているときがないでもない。石崎はそんな自分が好きになれない。さほど親しくもない人に頼まれて、さほど親しくもない人の病室を訪ねるなんて、

――お人よしにもほどがある――

わだかまりがないでもない。だが、

――まあ、いいか――

決めてしまったことを、もうやめるわけにはいかない。奉子が昔お世話になった人に……もう多分、二度と会うことのない人に、ひとめだけ会ってお礼を言いたい、と、その心根は尊い。それに免じて、

「まあ、いいか」

今度は声に出して言ってみた。

手ぶらで見舞に行くわけにもいかない。とはいえ病人へ贈る品物はむつかしい。加えて、どれほどの病状なのか、それもよく知らないのだから余計に困ってしまう。デパートの果実売場に赴《おもむ》いて上等の干し柿を求めた。

——痛いな——

ご多分に漏れず家族持ちのサラリーマンは小遣いが乏しい。女の子が絡んでいて……なんとなく妻には話しにくい出費だった。

「やあ、待った？」

「いえ、今、来たところです」

奉子はホテルの入口で待っていた。そのまま歩いて病院まで、奉子はビニール袋にリボンをかけたものを持っている。中には二十センチほどの馬の縫いぐるみ。一見して、とてもかわいらしい。

「貝原さん、馬が好きだったから」

これが奉子の選んだ見舞の品のようだ。

「うん、おもしろい」

ベッドの脇に吊して、まあ、邪魔にはならないだろう。

言われて石崎は思い出した。

——確かに——

貝原は馬が好きだった。時折、競馬場へも行っていたようだが、むしろ、

「馬はすばらしい。かわいいし、美しい」

馬そのものを愛しているような気配があった。それを思えば、奉子の選択は的を射たものかもしれない。縫いぐるみは、眼がいい、姿もわるくない。

「さて、三階かな」

「そうみたい」

この病院は廊下を歩いていても重苦しい。重症患者の存在が空気を重くしているのだ。奉子は一歩うしろからついて来る。

「お願いします」

「あ、いいよ」

なにを願われたか、すぐにわかった。石崎が主たる見舞人で、奉子はそれにくっついて来ただけ、そうふるまってほしいのだ。ここではそれが望ましい。

石崎がナース・ステーションを覗いて面会の許可を求めた。

「六号室です。短い時間にしてくださいね」

「はい」

名を書いて指示を仰いだ。

角を曲がって二つ目。ドアをそっとノックして細く開いた。

「はい」

二人部屋である。右のベッドも左のベッドも白いカーテンで仕切られ、左は静まり返っている。右は半分ほど開かれ、チューブをつけた病人の頭が見えた。年輩の婦人が怪訝そうにカーテンのむこうから顔を出した。

——貝原さんの奥さんだな——

なんとなくわかった。固い感じの中年女性である。

「あの、石崎と申します。貝原さん？」

と問いかけると、

「はい」

病人は目だけを動かしたようだ。様子から、

——かなり重い——

と、わかった。

「以前に大変貝原さんにお世話になりまして……」

と名刺をさし出した。

「三田村のほうで？」

と夫人は貝原が以前に勤めていた会社の名を言う。

「はい。大きな取引きをさせていただいて……。すっかりご無沙汰をいたしておりましたが、ご病気と聞いて……申しわけありません」

恐縮を訴えた。軽々に知人が訪ねてよい病人ではなさそうだ。

「いえ、ご丁寧に」

と夫人は頭を垂れる。そしてチラリと奉子を見た。奉子はお辞儀をして、あくまでも石崎について来た秘書のような態度である。

「これ、つまらないものですが」

と石崎がデパートの包みをさし出す。それを追うようにして奉子が馬の縫いぐるみを渡した。

「馬がお好きでしたから」

病人の首が少し動いた。動いたような気がした。夫人は……なにか戸惑うように立っている。

――まずいな――

一瞬そう感じた。遅ればせながら思い出すことがあった。

長居はご迷惑だろう。奉子も同じように感じたのか石崎の脇をつつく。

「思いがけないことで……ほんのご挨拶のつもりで参上しました。くれぐれもお大事に」

「いろいろご丁寧に」

夫人は同じ言葉をくり返している。

「今日はこれで失礼させていただきます」

「はい」

もう一度奉子が貝原の顔に視線を送ったのではなかったか。石崎が体を引き、二人で深々と頭を下げてドアへ向かった。夫人があとを追い、ドアの外まで出て見送る。二人のうしろ姿を見つめているらしい。振り返って会釈をすると、夫人も返した。廊下の角を曲がった。

それで終わった。

病院の外に出て、

「馬はまずかったかも」

「あ、どうして」

「貝原さんは好きだったけど、奥さんは嫌いなんだ」

「どうして」

「貝原さん〈ペルル〉でそんなこと話してたよ」

「聞いてないわ。怖そうな奥さんね」

「怖そうだけど、暢気《のんき》なところがあるんだってさ」

「そうなんですか」

「お茶でも飲むか」

「ええ、でも……」

と、ためらう。

「用があるのか」

「はい」

「俺もそうゆっくりはしてられない」

これは本当だ。

「はい。今日は本当にありがとうございました。いずれ、お礼を……」

「馬鹿なこと言うなよ。貝原さんならおれも見舞くらいしていいんだ。むしろ、ありがと。浮世の義理が果せた」

これは本当ではない。

「いろいろすみませんでした」

「うん。じゃあ、ここで」

手を振って別れた。そして、またしても、

——おれは人がいいな——

と思わずにはいられない。が、それとはべつに、

——奉子はあれで満足したのかな——

ずいぶんと短い面会だった。贈った馬の縫いぐるみは、よくできていて……子どもっぽいと言えばその通りだが、病床には案外ふさわしい飾り物かもしれない。しかし、それとても重病人にとって慰めになるかどうか。

——貝原さん、喜ぶかなあ——

往年のダンジーならば、あんな悪戯《いたずら》っぽい贈り物をおおいに楽しんだだろうけれど……。

——奥さんは変だったな——

よほど馬が嫌いらしい。

——確か、そんな話だった——

わけもなく笑いが浮かび、遠い日の風景が甦《よみがえ》ってくる。〈ペルル〉の一角。石崎は取引先の客と坐っていた。すぐ近くにダンジーが一人で来ていた。もちろんホステスが囲み、その

一人がダンジーの奥さんをどこかで見たらしい。

「とてもきれいな方」

「きれいなもんか。お世辞ならもっとましなこと言え」

「でも、しっかりした感じで」

「ふん。あれですごいドジなんだ」

「女子大を出てらっしゃるんでしょ」

「女子大なんかとんまの集まりだ。第一、あいつ、女子大に入ったばかりのころ、お話をする授業があって、急にみんなの前でお話をさせられたんだ。短い話。童話とか……。それで、うちの奥さん、イソップかなんかの馬の話をしたらしいんだ。話し終わったら先生が〝どういう意味ですか〟って聞くから〝これこれこういう意味です〟って話に含まれてる教訓を解説したんだけど先生は〝そうですか〟って、とんがっている。あとで聞いたら、その先生の渾名《あだな》が馬だったんだ。馬鹿だよ。卒業するまでずーっと憎まれ、意地悪をされたらしいぞ。ドジなんだよ、あの人は」

　ホステスたちは大笑い。ダンジーはすまし顔。それからおもむろに、

「それで馬が大嫌いになった。競馬なんかトンデモナイ。家じゃ競馬新聞だって見させてもらえない」

「ひどーい」

そんな人のいるところへ馬の縫いぐるみなんか持って行ったりして……。

「それ、どういう意味ですか」

と奥さんに聞かれたら、なんとしよう。さっきはそういう情況だった。

とはいえ、そう深刻に考えることでもあるまい。が、翌日、石崎は思いがけないものを見ることになってしまった。


銀座のクラブにはまったく縁がなくなってしまったが、家の近くのバーには、ときたま顔を出す。ママが気さくで寛《くつろ》げる。勘定も安い。

カウンターで水割をすすりながら貝原を見舞ったことをママに告げた。貝原も以前はこの店の常連客だったらしい。

「かなりわるいな、あれは」

「道理で見えないと思っていたら……。二年くらい前かしら、最後にいらしたの。親しかったの？」

「いや、親しくない。銀座のクラブで貝原さんの担当だった女の子に頼まれて……。一人で見舞に行くの変だから、つきあってくれって」

「石崎さんはお人よしなんだからあ。その女の子、貝原さんにかわいがられたのね」

「かわいがられたって……変な関係じゃないぞ」

「わからないわよ」

「親娘以上に年がちがうんだから」

「そういうこと関係ないわよ。貝原さん、若い娘好きそうだから」

「ちがうと思うな」

老紳士と清純な娘の組合せではないか。

話題を変えて、

「貝原さんは馬が好きだったけど、奥さんは馬がメッチャ嫌いらしい」

「馬は好きみたいだったわねえ、貝原さん。馬の話になると、顔がうれしそうにゆるんだもん。あの、私もなにかいただいていいかしら」

「どうぞ」

「じゃあ、バーボン」

「でも奥さんにはトラウマがあったらしい。女子大に入って、お話をする授業があって、奥さんは馬の話をしたんだな、イソップかなにか」

石崎は先日の記憶を語った。ママはバーボンを傾けながら聞き入る。人の話をよく聞いて、なにかしらうまい感想を述べるのがこの人の特技だ。美人ではないが、客あしらいがうまい。私鉄沿線の酒場にはいい。過去にはいくつか苦労があったのかもしれない。

「へえー、その話、どこで聞いたの？」

「銀座の酒場で。隣の席で話してた」

「信じたの？」

「えっ？」

「作り話でしょ」

「どうして」

「ここでも話したこと、あったわ。そのときは、確かお嬢さんの、中学校のころの話よ」

「へえー、知らなかった」

「受け狙いよ。みんな笑うじゃない」

「うん。ホステスも笑っていた」

「話のヒロインはそのつど変わるのよ、適当に」

「なるほど」

「奥さんがしっかりしたタイプで、貝原さん少しけむたくて、それをカモフラージュするためにそんな話するのかもよ。怖い人かもしれない」

「うん。そんな感じだったなあ。でも馬は本当に嫌いなんだと思う」

「どうしてわかる?」

石崎はつい先日の奇妙なシーンを思い出す。思いがけないものを見たことを……。

「見舞に行った次の月曜日、ほら毎朝、俺は貝原さんちの前を通るじゃない。ごみ置き場に馬の縫いぐるみが首をチョン切られて捨ててあった」

「本当に」

「うん。それでよくよく馬が嫌いなんだって」

「へーえ」

「縁起がわるいのかな、なんか……」

「ウフフフ」

ママは、高く笑った。

「あなた、よくよく、おかしいわ」

「なんで」

「彼女いくつなの? 〈ペルル〉にいたって子」

「若く見えるけど三十に近い。二十七、八かな」

「じゃあ〈ペルル〉にいたときは二十三、四ね。絶対に貝原さんと〝あった〟のよ」

「なにが？」

「〝あった〟って言えば決まってるじゃない。男女の仲よ」

「そうは見えなかったがな」

「見えないけれども、あるんだよ」

「へえー」

「奥さんは感づいたわね。病室がつめたーく冷えてたんでしょ。奥さんは彼女を見て、ピンと来たのよ。前々からなにか感じてたのかもしれない」

「そうかなあ」

「それなりにいい関係だったのかもしれないわね、貝原さんと彼女は。秘密の恋がばれないのは、いい関係のときなの。ぎくしゃくすると周囲が気づくのよ。貝原さんは死ぬわね、わるいけど。彼女は今生の思い出にひとめ会いたかったの。そういうことよ」

「うーん」

「だからこそ一生懸命考えて、今はほとんど接点もなにもないあなたを頼ろうとしたのよ。いい人選ね。お人よしで……。みごとに役割を演じたんじゃないの？」

「まあ、そうかもしれない」

「目に見えるようだわ」

「しかしなあ、彼女、おれには〝貝原さんにお世話になったから。変な関係じゃない〟って、きっぱり言ってたけどなあ」

「決まってるじゃない、そう言うに」

「かわいい顔して、結構やるんだ」

「女はそういうときには必死よ。しかも三十近いんでしょ。油断はならないわよ」

ママは含み笑いのままグラスの中を見つめている。そこに男女の真相が沈んでいるみたいに視線を動かさない。石崎はグイと一口飲んでから、ゆっくり伝えた。

「いいよ、それでも。いい話じゃないか。若い女性の今生の思いを果たすために役立ったんだから。お人よしの本懐だな」

嘘ではない。半分以上は……八割がたそう思う。

――そんな親切がこの世にあってもいいではないか――

ママがおもむろに口を開いた。

「その限りではね」

「うん？」

「彼女はよかったでしょうよ。お別れを告げることができて……。でも、どうかしら」

「なにが」

「貝原さんは死ぬまで奥さんにいじめられるわね。手も足も動かせないまま」

「いじめるかなあ」

「いじめる。きっと許さないわ。ごみ置き場で馬の縫いぐるみ、見たんでしょ」

「見た、見た」

あのときは見て、ちょっと驚いたが、

――よくよく馬が嫌いなんだ――

深くは考えずに通り過ぎてしまった。

「首を切られて、胴体はズタズタに鋏《はさみ》かなんかでつつかれて」

「そこまではよく見なかった」

「見るべきだったわねえ。後学のために」

「おっそろしい」

「奥さんにしてみれば、ちょっとした恨みじゃなかったのね、きっと。ぬけぬけと馬の縫いぐるみなんか持って来て……。今まで聞いたこともなかった男といっしょに見舞に来たりして」

「じゃあ……貝原さんはつらいね」

「つらいでしょうね。身動きもできなくて……。お人よしも少し気をつけたほうがいいわよ」

「まったくだ」

水割を飲み干し、氷まで口に含んで興奮を冷やした。

おそらくママの言うことがすべて正しい。

「今日は帰る」

「わるいこと、しちゃ駄目よ」

「はい、はい」

外に出た。

風が冷たい。夜が笑った。

街の分かれ道

工科大学のキャンパスは武蔵野のまっただ中にある。土曜日の午後、卓也《たくや》は学生相手の講演を終え、校門まで落ち葉の散る道を踏み歩いた。雑木林が近くまで迫っていて、どことなく、

——アメリカの大学に似ているかな——

だが門の近くまで来ると、守衛がりっぱな姿勢で敬礼をする。

——これはアメリカじゃないな——

と首を振った。

「ご苦労さまです」

「あ、さようなら」

門扉を抜けるとバス停がある。ＪＲの駅まで思いのほか繁くバスが通っているらしい。少し乗ればすぐに住宅地に入る。開発がめざましい地域のようだ。

講演のテーマは〝若者よ、海外を目ざせ〟だった。昨今は学生たちがなかなか海外へ行こうとしない。観光のためなら小まめに飛行機に乗っているようだが、留学のたぐいには腰を

引いている。それぞれには、それぞれの事情があるのだろうけれど、全体としてこの傾向が顕著に見えるのは、

――日本国の将来は大丈夫かな――

ゆゆしい問題をはらんでいる。とりわけテクノロジーの分野は心配だ。学生たちは無難な道ばかりを選び、ノホホンと生きようとしている。

――もっと勇気を持ってほしいな――

卓也は五十二歳の研究者。一介のサラリーマンで、若い人を相手に偉そうなことの言える立場ではないけれど、このテーマとなると、ふさわしいだろう。

二十数年前……。持っているのは勇気だけだった。教授に勧められ、まるでギャンブルにでも挑むように、

――行ってやれ――

アメリカ留学を決意し、人生を賭けてしまった。金もない、知人もいない、英語もろくにできない。苦労の連続だった。三年たってようやく見通しがつくようになった。そのままずっとアメリカの各地で暮らして四年前に帰国。今でもけっして羽ぶりがよいわけではない。

「もう一回やるか」

と問われたら、

「うーん」

悩むことはまちがいない。海外でキャリアを積んでも、それを日本に帰ってどう生かすか、生かす道があるかどうか、そこにネックがあるのは現実だ。そのことをまったく知らなかったわけでもないし、

——あそこが分かれ道だったな——

あのころだって充分に悩んだ。しかし、個人としての体験はともかく、日本全体の傾向として、若い人はどんどん海外を目ざしてほしい。

——このままじゃろくなことがないぞ——

そんな心意気で今日の講演に臨んだ。ささやかな愛国心。いや、根元的には若者とはどうあるべきものか、説教にならないよう自分の体験をそのまま、だが明るく話した。少しは役に立ったのではあるまいか。

バスはすぐに来た。

駅まで二十分あまり。半分ほど乗ったところでバスを降りた。

——懐かしい——

三十年ほど前、卓也はこの町に住んでいた。知人の家に下宿して都心の大学へ通っていた。最後の決断もこの街の路地を歩きながら〝えいっ〟とばかりに下したはずだった。

駅から南へ二、三百メートルほど商店が連なっている。コンビニエンスストアやハンバーガーショップなどがお馴染みのマークを掲げて街は少しにぎやかになっているが、街の構造そのものはそう大きくは変わっていない。商店街の外側に住宅街があり、その境い目にコーヒー・ショップが……〈オニバ〉があって、これはまるで変わっていない。ヘンテコな店名が今も褐色の看板をぶらさげて客を呼んでいる。卓也がしばしば足を運んだ店である。

このコーヒー・ショップを過ぎたところで道は二つに分かれ、左がバス通り、右が小高い丘に向かい、丘の上は小さいながら紛れもない高級住宅地だった。瀟洒《しょうしゃ》な家が数軒、りっぱな門構えと塀に囲まれて建っていた。塀のすきまから瞥見《べっけん》すると、芝生と花壇と犬、優雅な生活がかいま見えた。

西条家はそこにあった。

もちろん卓也は、この一角と近しい縁があったわけではない。住まいはバス通りを少し行ったところの二階家、木村さんちの片隅だった。丘の上はただの散歩コースでしかなかった。

西条家がなにかと言えば……卓也もくわしくは知らなかったけれど、小耳に挟んだ知識と推測とを混ぜて言えば、おそらく古い財閥の末裔《まつえい》にちがいない。大企業の大株主といったところだろう。界隈の名門である。当主はいくぶん親しみを込めて伯爵と呼ばれていた。かつては本当に爵位を帯びる身分であったのかどうか、卓也はこの方面にまったく知識がないの

だが、

——渾名《あだな》じゃなかったのかな——

高貴な風貌で資産家、大企業の役員などを歴任した人らしいが、人あたりはむしろ気さくで、庶民的とも見えるところがあった。

そして、その人の娘、この人が滅法美しい。卓也とほとんど同い年くらい。時折、街で見かけることがあった。

「女優さんみたい」

「いや、女優さんよりいい」

「人柄がいいのよ、親しみやすくて。気取ったとこ、ないでしょ」

この土地の小学校を出ているので同じクラスで学んだ人もいるのだ。すこぶる評判のいい女《ひと》だった。

「だれが婿さんになるんかな」

「うらやましいねえ」

「そりゃ伯爵が決めるんじゃないの。親父さんが絶対に偉い家だもん。奥さんだってなんも言えない。お嬢さんも伯爵が〝この人を〟と言えば〝はい〟ってなもんよ」

「今ごろエリートを探してんじゃないのか」

卓也は聞くともなしにそんな街の噂を聞いていた。

一度だけこの美形に近しく接したことがある。〈オニバ〉の店先だった。卓也は大学へ行く前にモーニング・コーヒーをあおりながらリポートを仕上げ、

——もう行かなくちゃ——

キャッシャーへ向かったのだが、そこに佳人《かじん》が立っていたのである。うしろ姿だった。だからすぐには評判の人とは気づかなかった。

佳人はコーヒー豆を買いに来ていたのだ。豆を入れた袋に記された横文字を見て、

「あら、〈オニバ〉ってフランス語? オニババじゃないのね」

と笑った。

卓也もかねてから変な名前だと思っていた。だれだって訝《いぶか》しく思う。

「どういう意味ですか」

つい聞いてしまってから……店主と佳人の中間あたりに問いかけたのだが、そのとたん、クルリと振り向いた白い顔を見て、

——あ、この人——

真実、胸が高鳴ってしまった。よそながら眺めたことはあったけれど、こんなに近くで見るのは初めてだ。声も初めて聞く。

佳人はジッと見つめた。

おそらく近視なのだろう。そうにちがいない。よく見えないからジッと見つめるのだ。勘ちがいをしてはいけない。

「前から気になってて」

卓也はドギマギと、言いわけでもするように呟いた。

「オニヴァ。〝行きましょう〟でしょ、ね？」

声が優しい。親しみやすい。コーヒー・ショップの主人にも友だち感覚……。下々にも評判のいいわけがわかった。

卓也がフランス語の意味を正確に知ったのは、もっとあとのことだった。ローマ字で綴れば〝Ｏｎ ｙｖａ〟、〝さあ、行こう〟とか〝お呼びですか〟とか、本来は〝人がそこへ行く〟という慣用句だ。鬼婆とはなんの関係もない。

卓也は鬼婆とはもっとも遠い人を見つめて、見とれていたにちがいない。佳人は店主に向かって、

「どうも」

と小首を垂れ、卓也のほうにも誘うような視線を送って、

「オニヴァ」

とドアに向かった。

フランス語として正しい用法だったろう。いや、いや、全然正しくない。〝(いっしょに)行きましょう〟であったはずはない。ただの茶目っけ、愛すべき人柄の発露だったろう。

卓也がコーヒー代を払って外に出たときには佳人はうしろ姿に変わっていた。あっけに取られて眺めていたのは本当だった。


ところで……卓也が下宿する木村さんちの奥さんが……卓也はいつも〝おばさん〟と呼んでいたのだが、西条家と少し関わりがあった。亡くなった夫が西条家の執事というのか番頭というのか、雇われて親しく務めていた時期があったらしい。おばさん自身も丘の上の家でなにか女性の手を必要とするときには手伝いに行っていたようだ。身分関係は上下ということになるのだろうが、西条家の人々の人柄のせいで、ずいぶんと懇意に通じあっているようなふしがあった。一人娘が礼子さんであることもおばさんから教えられた知識だった。

あるとき……日曜日の朝だと思うのだが、おばさんが、

「あなた、麻雀、やるわね？」

やるもやらないもない。この下宿に仲間を集めてやったことが二、三回はあったはずだ。おばさんも充分に知っていただろう。

「しますよ」

「今日の夕方、あいてないかしら」

「なんですか、急に」

「丘の上の、西条さんのところ、ご主人が甥ごさんたちと麻雀しようってことになったんだけど、メンバーが一人足りないんですって」

「ええ?」

「それで〝あなたのところにいる学生さん、麻雀するんだろ。このあいだ、友だちが来て徹夜してたって、言ってたじゃないか。来てくれないかな。人柄のいい学生さんなんだろ〟って」

「私なんかでいいのかな」

「大丈夫ですよ。ご主人も奥様もいい方だから……。心配ないわ。お願いしますよ。私も頼まれちゃって。顔が立つわ」

さいわいスケジュールはあいていたし、急な勉強もなかった。映画でも見に行こうと思っていた矢先だった。

「いいですよ」

「よかった。助かるわ」

「服装は？」

「いいのよ、普段のまんまで」

気に入りのセーターを着て出向いた。昨今は麻雀をする学生もめっきり減ってしまったようだが、あのころは二人に一人くらいはルールを知っていた。このゲームで遊ぶことができた。理系の学生はひまが少なく、そう繁くはやれなかったが、その代わりやるときはやる。まったくの話、徹夜も珍しくなかった。卓也としては、

――そこそこの腕前――

と思っていた。

よくできたゲームである。とにかくおもしろい。微妙に運が絡むところもわるくない。囲碁や将棋のように強い人が必ず勝つわけではない。

――そこが少し人生に似ている――

でも結局は、やっぱりよい判断をした人が勝つ。

――それも人生そのものではないか――

〈オニバ〉の脇の坂を上った。りっぱな門構え。通用門のベルを押すときには少し緊張を覚えた。

――ケセラセラ。殺されるわけじゃあるまい。楽な気分で行こう――

待つこともなく、

「どうぞ。開いてますから」

女性の声が聞こえた。

鉄の扉を抜け、玄関まで二十メートルほど。右手が花壇になっていて、これは塀のすきまから細く見えるので散歩の折に見るともなしに覗いていた。

赤と黄色の花。あらためて全貌を眺めると、花壇は五メートル四方くらい、乱れてはいるが、とても美しい。

玄関のドアが開いて、この屋敷の奥様が顔を出す。

「いらっしゃいませ」

と笑っている。ワンピースを着て、とても上品な感じ。

「こんにちは」

「どうぞ」

「初めまして……あの、佐々木です」

「ええ、ええ。本当に初めてかしら。近くに住んでいらっしゃるのに」

「お邪魔します」

「ええ、どうぞ、どうぞ」

中は洋風の造り。スリッパを履いて黒光りのする廊下を踏んだ。

応接間に通されて……中に三人の男。

「やあ、よく来たね」

伯爵は六十代だったろうか。明るく、社交的な印象だった。残りの二人は、一人は四十くらい、一人は三十そこそこ。ともに、

「甥だ」

と紹介された。

ごく普通の人……。エリート・サラリーマンによくあるタイプと卓也は見た。二人ともほとんど話をしない。伯爵の話に耳を傾け、含み笑いを浮かべ、ときどき卓也を見る。厭《いや》な感じではなかった。

紅茶とケーキが運ばれてきた。運んできたのは奥様である。

「甘いもの、召しあがるかしら」

家政婦がいると聞いたが、この日はもっぱら奥様の世話を受けた。

——お嬢さんは、いるのかな——

坂を上るときにはちょっと頭をかすめたが、応接間に入ってからは、すっかり忘れていた。

遠くでカチンと皿の鳴るような音を聞いて、ふと思い出したが、

「麻雀はやっぱり少しは賭けないとね」

伯爵の声で思案が、この部屋のほうへ戻った。

これは、わかる。賭けるか賭けないかでゲームの性質が変わる。高い役を狙うか、安い役で我慢するか、賭けると判断がむつかしくなる。

「そうね」

四十代が頷《うなず》くと伯爵が、

「千点百円。若い二人が負けたときは出世払いだ。勝ったら……奨学金だ」

これは卓也のために告げられた言葉だろう。下宿のおばさんからあらかじめ言われていたことである。

——多分、大負けはしない——

大負けをしない限り、きちんと支払いをするつもりで財布にはそれなりのものを備えて来た。

隣室に移ると四角いテーブルに椅子、このゲームのために特別にしつらえたものだろう。席につき、賽《さい》ころを転がし、席をあらためてゲームが始まった。

——おおむね同じくらいの腕前——

すぐに見当がついた。マナーは上々、あえて言えば伯爵が一番勝負に執着していたかもしれない。あれこれ語りながら楽しそうに打つ。

「あなた、体は丈夫ですか」

と聞く。

「はい」

「病気なんか……しないか」

「まあ、風邪くらいです」

「それはいい。麻雀は……徹夜麻雀は健康的な遊びなんだ」

「はい？」

そんなこと、あるだろうか。健康にわるいものの代表みたいな気がするけど……。

「いや、本当だ。健康でない人は、やれん」

すまし顔で呟く。

――なるほど。そういう理屈か――

ゲームは時折、嘆声《たんせい》を飛ばしながら楽しく進んだ。

「佐々木さん、あなた、ご兄弟あるの？」

「二人兄弟です」

「ほう。兄さんがいるんだ」

「はい。もう独立して」

「お母さんは、お兄さんとごいっしょで」

「いえ、今はべつべつですが、ゆくゆくは……」

「うん。それは安心だ」

と伯爵は頷く。それから、

「達彦も親の面倒をちゃんと見ろよ」

と三十代に言う。

「はい、はい」

少し親戚内の話題が……だれが病気で、だれが困り者か、そんなことが語られ、卓也は漠然と一族のありように思いをめぐらしながら牌《パイ》をつまんだ。

この日のゲーム結果を先に述べれば……都合半荘《ハンチャン》を三回やった。卓也は初めの二回は勝ったが、最後で負けた。伯爵はちょうどその逆。

「今日はいかんな」

と嘆いていたが、最後で勝った。トータルで一番勝ったのは、三十代の人だったろう。

「これで最後にしよう」

ゲームが三回目に入って間もなく、卓也の心に残ることが……残ると言うより思いがけないことが、あった。

伯爵が牌を捨てながらまたポッンと卓也の名を囁いた。

「佐々木さん」

「はい」

「うちの娘に会ったそうだね。坂下のコーヒー店で」

ほかの二人が「おや」とばかりに耳を傾ける。だが、それはただの気のせいだったかもしれない。〝コーヒー店で会った〟というほど大層なことではない。が、会ったことは確かに会った。

「はい」

とりあえず答えた。

「どうかね」

呟きの真意がわからない。

「はい？」

「会った感じは？」

どう答えたらよいものか。伯爵は牌をつもりながら答を待っている……みたい。

「とても、すてきで」

それ以上は言いにくい。伯爵は下唇を突き出したまま表情は麻雀に集中している。ほんの少し間があって、独り言のように、

「私はどっちでもいいんだが、家内がやっぱり婿がほしいって言うもんだから……」

「…………」

「昔の武家じゃあるまいし、お家なんか断絶したって、べつにどうってことない。達彦、あんたのとこもあるしな。早く男の子を作れよ」

「努力します」

「あははは」

おそらく三十代の家は伯爵の弟の一族ではあるまいか。弟の子孫が残れば、昔だってお家の断絶はなかったろう。

伯爵はもう一度、

「どうだね、うちの娘は」

と問いかけ、牌を切り出しながら、

「若い男性から見て」

と、つないだ。

「とても、すてきです」

卓也は最前と同じように答えた。ほかに答えようがない。本当にすてきなのだし、

――これよりほかになんと言ったらいいものか――

言葉が浮かばないでもなかったが、下手をすると失礼に当たるだろう。

テーブルの上がガチャガチャと鳴って、また次のゲームに入り、そのうちにこの日の遊びが終了した。このあと三十くらいの男の新妻が顔を出し、一族はどこかへ赴いて夕食を楽しむスケジュールらしい。

「また遊びに来てほしいな」

「はい」

「勉強が忙しいんだろうけど」

「それほどでもありません」

「しっかり頑張って」

「失礼します」

卓也はホッと一息をついて辞去した。

――なんだったのかな――

少し緊張したけれど、それなりにおもしろい体験ではあった。千円ほど負けた。

だが、それとはべつに、心にひっかかることがある。そう、お嬢さんについて〝どうかね〟と尋ねられたこと……。それに続けて〝若い男性から見て〟と加えられたけれど、

――それだけの質問だったろうか――

ドキンと胸が鳴るような気配がなくもなかった。卓也が勝手に感じたことと言えばそれまでだが……そして、それが正解だと思うけれど。端的に言えば〝婿さんにどうかね〟と聞かれたような印象がないでもない。

――そんな馬鹿な――

いきなりそんな話を持ち出されるはずがない。まともに考えることではない。だから夜になって布団に潜り込んでから思いめぐらした。

――うちの家族のこと、聞かれたなあ――

兄がいて、家を継ぐ必要性が薄いことを、それとなく聞かれて答えた。伯爵はともかく夫人は婿養子がほしいらしい、そう呟いていた。

――それに俺のこと、知っているふしがあったよなあ――

下宿のおばさんを通して聞いていたのだろう。お嬢さんの美しさを思うと、これはちょっと楽しい想像だった。

――馬鹿らしい――

とは考えた。

だが、ちょうど、そのころ自分の将来について卓也は決心を迫られていたのである。教授の勧めに従ってアメリカへ留学するかどうか、よいことがあるのか、ただ苦労して後悔するだけの道なのか、どう考えてもわからなかった。

留学をやめて、このまま下積みの研究者としてシコシコやっていく道はあった。安全ではあるけれど、大きな夢にはつながらない。そんな予測も抱いていた。

――よい結婚でもして――

具体的に丘の上の家とどうこうなどと夢のような幸福を考えていたわけではないが、一つの方向性として、

――そういう生き方もあるよなあ――

安定思考のシンボルとして美しい人を考えたりしたのは本当だった。

丘の上へ行くにはバス通りからの分岐点がある。筒状の古いポストが立っていた。卓也は何度かその前に佇《たたず》んで、

――どうしよう――

と考えた。まさに分かれ道である。

そして結局海外への道を選び、何度か後悔し、アメリカ人との結婚には失敗し、だが研究

者としてはそこそこの評価を受け、今、こうして、この町に戻って来たのだった。

三時間ほど前、電車を降りてすぐにわかったことだが、町の様子は相当に変わっていた。

だが街を走る道路は……その構図はほとんど変わっていないだろう。バス通りは少し広くなったようだが、走る方向は変わりようがあるまい。もちろん以前は郊外に大学のキャンパスなんかなかった。卓也は講演に赴くときにバスの窓から街を眺め、帰り道では途中でバスを降りた。丘の上へ行く分岐点より少し手前で……。

ポストは立っていた。四角い、今風の赤に替わっていた。

――ここだよな――

まさしく卓也の人生の分岐点となったところ。昔、下宿した家はもうない。そのことは知っていた。坂だけが昔の傾斜、あい変わらず少し歪んで延びている。

ゆっくりと上った。

周辺の家の屋根のあいだから西日が射し込んで来る。もうしばらくは太陽が明るさを撒《ま》いているだろう。

丘の上の住宅地も変わっていたが……とりわけ上りきったところの家の変化は、

――知らない街だ――

と、そんな感慨さえ抱かせたが、ここも道そのものは変わらない。

――伯爵はもう亡くなったろうな――

おそらくその夫人も……。

角を曲がって覚えのある道を進んだ。

――ここだ――

目当ての家は……塀と門構えは少し修繕の跡が残っているけれど、おおよそは卓也の記憶のままだ。

表札が……古いものの隣に、もう一つ、べつな姓を記している。それもかなり古い。

――佳人は結婚をしたんだろうな――

婿養子ではなく……。それがどんな結婚なのか、幸福かどうか。これだけの家に住み続けたのなら、そうわるくはあるまい。

――そうとばかりは言えないか――

塀のすきまから中が見えた。今も花壇があるらしい。

――なんたる好運――

花の中に婦人が立っていた。よくは見えない。花を摘んでいるのだろうか。手入れをしているのだろうか。一瞬、横顔が見えた。

——あの人だ——

佳人は外からの視線に気づいたのかもしれない。〝なにかしら〟とばかりに顔をあげて、こちらを見た。これもさらに短い瞬間だった。

少し年を取って、でも、

——やっぱり美しい——

とはいえ卓也は、この人の面ざしについて、ほとんどなんの記憶もないのだ。コーヒー・ショップでちょっと会っただけ。〝美しい人だった〟という認識のほか、なにもない、と言ってもよいだろう。

ただ、なんと言えばよいのか。もう一つの〝あったかもしれない〟人生のシンボルが、美しくそこに佇んでいるように思った。それがうれしい。

長くは留まっていなかった。怪しまれたら、つらい。角を曲がって来る人がいる。

——なるほどね——

納得をしたが、なにを納得したのか自分でもわからない。今夜はまたとりとめのない想像を描くだろう。

〈オニバ〉に立ち寄った。内装は小ぎれいに、だが安っぽく変わっていた。カウンターで二人の客とマスターが声高に話している。卓也の知っているマスターではない。

——味がちがうな——

昔よりまずくなったコーヒーをすすっていると、驚いたことにカウンターでは丘の上の住宅について話しあっている。二人の客はこのあたりに出入りする建設業者なのだろうか。

「伯爵のとこ、売りに出てるんだって」

「もう買い手がついた。建て直すんじゃないのか」

「惜しいな。いい家だったのに」

「部分的には残すんじゃないのかな。しかし古い家は残すのも大変なんだ。金がかかるし」

「懐かしいよな、あの雰囲気は」

「伯爵はいい人だったからな。ゴルフと麻雀が好きで……」

「娘さんがいるんだろ、今は」

「うん。十年ほど前に結婚して。旦那の仕事の都合で、今度名古屋かどっかへ移るらしい。きれいな人で……残念だね」

「まったく。気さくな一家で」

「本当に伯爵だったのか」

「ちがうんじゃないのかな。そのくらい品格はあったけど、庶民的で」

「ふーん」

「晩年は〝晴《せい》ゴ雨《う》ジャン〟だった」

「なによ、それ」

「晴れてる日はゴルフ、雨の日は麻雀」

「あ、そうか。悠々自適」

「でも話によると、伯爵はひどいんだ」

「ひどい？」

「ああ。勝負のポイントで、ほら、いよいよパターを決めようとしているときなんかに〝奥さん丈夫な人かね〟って聞く」

「うん？」

「そこで〝うちの娘、後妻にどうかね〟って言うんだ。お嬢さんが独身のころ……。猛烈にすてきな娘さんだから相手はビビっちゃって」

「そりゃ驚く。一人娘なんだろ」

「ああ。相手が若い男なら婿入りをほのめかす。妄想がパーッと頭の中を駆けめぐって、手もとが狂うよ」

「ひどいね」

「まったく」

卓也はぼんやりと聞いていた。コーヒーがさらにまずくなった。

狐の鳴く夜

志郎はぼんやりと覚えている。

「お祖母《ばあ》ちゃんは女学校を出てるから」

今とはちがう。それだけで賢い人の証しだった。口調が厳しく、まなざしのあたりに、なんとなく考え深そうな表情の浮かぶ人だった。

とはいえ志郎はそれほどよくこの人を知っているわけではない。いっしょに暮らしたことはなかったし、小学校にあがったときにはもう亡くなっていた。それより前は正月のお年玉だけが楽しみだった。

はっきりと覚えていることがある。志郎は六歳くらい……。家じゅうでだれかを待っていた。それがだれで、その人が来るとなにが起きるのか、幼い志郎はなにもわからなかった。親戚の人……。しかし、その後に思い当たる人はいない。だれだかわからないけれど、とにかく家の中にだれかを待つ気配があった。

「いつ来るの」

「昼までには」

でも、その人は来なかった。いよいよ来ないことがはっきりとわかったとき、父が、

「来ないな」

母が、

「ええ」

ちょうどそのとき祖母が現われ、庭の奥を見つめてから、

「いまコンと狐が鳴いた待ちぼうけ」

呟いて笑った。

その情景と言葉だけが志郎の記憶に残った。住んでいた家は庭が深く……深いというよりすぐ裏に繁みが迫っていて、そのまま山につながっている地形で、

――狐が住んでいるかもしれない――

そう感じさせるところがあった。住んでいれば鳴くことだってあるだろう。

それに、昔はみんな童謡を歌っていた。歌詞を覚えて子ども心にもいろいろと考えていた。有名な〈叱られて〉では、夕べさみしい村はずれで狐がコンと鳴くんじゃなかったか。お使いに出されて、怖くて、怖くてたまらない。昼間ならいいけれど、

――夜は厭《いや》だな――

実感がなくもなかった。庭の奥で狐が鳴くことは、

――あるかもしれない――

そう思っていた。

それだけじゃない。もう一つ〈待ちぼうけ〉だって、知っていた。一番からずーっと〝待ちぼうけ、待ちぼうけ〟と、くり返して歌う。畑でせっせと働いているんだ。そこへ兎がとんで出て来るんだ。

〝しめた、これから寝て待とか〟

待っていればまた兎がとんで出て来るだろう。でも、そうはいかない。幼い頭でもそれはわかった。

――この世の中には待っていても駄目なことがあるんだな――

もの心のついたころから、この歌といっしょに志郎はこの世の事実を、納得していたのではあるまいか。

だから祖母の言葉はすぐにわかった。

――お祖母ちゃんは、やっぱり賢いこと言うんだ――

すなおに耳に留めた。狐がコンと鳴くと、なぜ待ちぼうけになるのか、そこのところはよくわからない。それを考えたのはもっと後のことのような気がするけれど、いくら待っていても待っている相手が来なくて、ポカンと騙されたような感じがするのは、狐が騙したのかもしれない。狐が〝それ見たことか〟と笑っているのかもしれない。そう考えれば狐の登場も充分に理解できる。

——こういうときに、そう言うのか——

志郎は気にいった。

——ことわざのようなもの——

と思ったのは、これももっと後のことだったろう。祖母の口からもう一度聞いたかどうか、確か母の口から聞いて、

——やっぱりそうなんだ——

しっかりと覚えたのは本当だった。脳裏に、だれかを待っている人と、狐の鳴く絵柄を浮かべたりもした。


中学三年のとき、駅で昇平といっしょに友だちを待っていた。吉祥寺に住んでいて、駅は井の頭公園だったろう。行く先は渋谷。スポーツ用品の大安売りをやっている店があって「見に行こう」と昇平に誘われたのだった。昇平の友だちの住谷も来るっていうのに、いっこうに現われない。二十分以上も待ったはずだ。

「来ねえなあ」

「うん」

「いい加減なんだよな、あいつ」

「うん」

いよいよ来ないとわかったとき、

「行こ」

改札を抜けながらわけもなく志郎は、

「いまコンと狐が鳴いた待ちぼうけ」

おどけて呟いた。

待たされた昇平は不機嫌をあらわにしている。それを慰めるつもりだった。

「なんだよ」

「言うだろ。いまコンと狐が鳴いた……」

「言わねえよ」

笑わせて慰めるつもりだったが、言ったとたんに、

——まずいか——

と悔やんだ。

その心理をどう説明したらいいのだろう。たったいま呟いた言葉は、小さいときに聞いて

……祖母から聞いて、わけもなくことわざのようなものだと思っていた。しかし、ほかでは聞くことがない。よく知られたことわざならどこかで小耳に挟むだろう。

――わが家では通用していたけど――

祖母の発明だったのかもしれない。ことわざのようなものだとしても限られた範囲でだけわかるものかもしれない。そんなことをうすうす感じていた。変なことを言うと、人に笑われてしまう。

――それだけじゃない――

昇平は小学校のころ、〝狐〟って呼ばれていたんだ。顔が細く、小さいころは目が吊りあがっていた。中学に入って少し太ってしまい、渾名《あだな》は消えてしまったけれど、当人は忘れない。井の頭公園の森は遠く、駅の周辺には狐の鳴く気配はなかった。昇平は口を尖《とが》らせ、

「変なこと、言うなよ」

「ああ」

駅の地下道を抜けながら、

――俺はわりと好きだけど、この言葉――

心の中で〝いまコンと狐が鳴いた待ちぼうけ〟と囁いてみた。電車は待つこともなくすぐに来た。昇平の不機嫌は渋谷に着くまで続いていた。

あなたは人に待たされて、どれくらい待つことができるだろうか。

もちろん用件による。大切な用ならば、だれだって長く待つだろう。

「十五分かな」

このあたりが平均なのだろうか。志郎は約束の場所さえまちがっていなければ、待つこと自体はそう厭ではない。三十分くらいは待つ。ただ、

――ここでよかったのかな――

おたがいの理解にずれがあって、もしかして待ち合わせの場所とか、時間とかに誤解があって……あるような可能性を感じて、やきもきするのはつらい。同じ待つなら、心安く待ちたい。ずっとそうだった。

大学生になって芥川龍之介の〈尾生《びせい》の信《しん》〉を初めて読んだ。授業で習った。

――ふーん、こんな小説があるんだ――

〈尾生の信〉という漢語のイディオムさえ知らなかった。尾生という男が女と橋の下で会う約束を交わしたが、女はいっこうにやって来ない。大雨で川が増水したのに尾生は約束の場所で待ち続ける。どんどん水かさが増して尾生は溺死してしまう。賢くはない。愚かなまでに約束を守り続けることをたしなめる慣用句となったらしい。

しかし芥川龍之介は、尾生の行動にべつな光を与えて短い作品を書いた。尾生は待ちながら、ひたすら女のことを思ったにちがいない。それ自体がうれしい。水の増えるのなんかを忘れてしまう。いろいろな思いが心を貫く。人生について考える。そこにこそなにか尊いものが潜んでいるのではないか。芥川はこう綴っている。その本は、今でも志郎の本棚の隅にある。文章も美しい。

〝夜半《やはん》、月の光が一川の蘆と柳とに溢れた時、川の水と微風とは静に囁き交しながら、橋の下の尾生の死骸を、やさしく海の方へ運んで行つた。が、尾生の魂は、寂しい天心の月の光に、思ひ憧れたせゐかも知れない。ひそかに死骸を抜け出すと、ほのかに明るんだ空の向ふへ、まるで水の匂や藻の匂が音もなく川から立ち昇るやうに、うらうらと高く昇つてしまつた。……

それから幾千年かを隔てた後、この魂は無数の流転を閲《けみ》して、又生を人間《じんかん》に托さなければならなくなつた。それがかう云ふ私に宿つてゐる魂なのである。だから私は現代に生れはしたが、何一つ意味のある仕事が出来ない。昼も夜も漫然と夢みがちな生活を送りながら、唯《ただ》、何か来るべき不可思議なものばかりを待つてゐる。丁度あの尾生が薄暮の橋の下で、永久に来ない恋人を何時までも待ち暮したやうに〟

この気分はよくわかる。志郎もずっとなにかを待っている。

ところで本当のプレイボーイは、必ず女性よりも先に来て相手を待つものなんだとか。職場のプレイボーイが言っていた。礼儀としてではない。先に来て、女性の心理に思いを馳《は》せ、本日の作戦を練り周辺の雰囲気などにも心を配るんだとか。そのほうが成功する。なんの成功かわからないけれど……。いずれにせよ、

——プレイボーイなんか関係ないか——

志郎は二十代は印刷会社に就職して、仕事を覚えるのに忙しかった。結婚を考える年齢になっても不況にあおられ、ゆとりがない。というより正直なところは、よい相手にめぐりあえなかった。さいわいにも昨今は独身男も珍しくない。永遠のモラトリアム。ずっと待っている。すると〈尾生の信〉を思い出す。相手が人間とは限らない。なにかをぼんやりと待っている。思案が広がって、さながら尾生のように〝昼も夜も漫然と夢みがちな生活を送りながら、ただ、何か来るべき不可思議なものばかりを待っている〟なんて、それほど大げさじゃないけれど。自分の将来に対して、

——すばらしいことがあるんじゃないかなあ——

わからないものの来訪を待ったりしていた。

——〈尾生の信〉を読んだせいかな——

きっとそうだろう。小さな読書が思いのほか心の中に残っているらしい。

が、それも三十歳前後のひとときのこと、そんな思案もいつのまにか忘れてしまった。

それよりもなによりも同じころ、テレビを見ていて……いや、見てはいなかったが、音だけが聞こえて、

――えっ――

と驚いた。一瞬、

「いまコンと……」

テレビが鳴いたのだ。

が、すぐにわかった。狐とはなんの関係もない。雅《みや》びな声がそれに続いた。振り返ってテレビの画面を見た。ニュース番組らしい。和服姿の男……。カルタの競技会。聞こえたのは、

――百分の一の偶然だろう――

事情が少しずつ明らかになる。小倉百人一首の文句にあるらしい……。

祖母の言い草は……「いまコンと狐が鳴いた待ちぼうけ」は、童謡なんかじゃなく、だれかが詠《よ》んだ歌らしい。こっちのほうが本当の出どころなんだ。百枚の中の一枚に、そんな歌があって、それがテレビから聞こえてきて志郎の耳を捉えたらしい。祖母の声が甦《よみがえ》る。パソコンを叩いて調べてみた。

果して……そこにあった。第二十一番……。

〝今来むといひしばかりに長月の有明の月を待ち出でつるかな〟

素性《そせい》法師という人の歌である。古い仮名遣いだが、この冒頭が〝いまコンと……〟と聞こえたのだろう。

——どういう意味なんだ——

気がかりなので、新宿の大きな書店に立ち寄ったときに今度は本で調べてみた。

——ふーん——

素性法師、生没年不詳……。ややこしいことがいろいろと書いてある。

——坊さんなんだ——

法師なんだから、そうだろう。あんまり有名な人ではないらしい。でも、

——三十六歌仙の一人——

とあるから、一通りは知られた歌人だったのだろう。

問題は歌の意味のほうだ。やっぱり恋の歌らしい。

——坊さんなのに恋なんかしてるのか——

まあ、好き好き。する人はするだろう。

——なるほどね——

大ざっぱに言えば……あなたが「今、行く」って言ったばっかりに、私は待ち続けて、長月の有明の月を見てしまった、である。まさしく待ちぼうけの歌なのだ。

——長月って、いつだ——

九月か、十月か、いずれにせよ、秋の夜長だろう。「今来む」と言われたものだから、坊さんはなんの甲斐《かい》もなく待って、とうとう夜が明けてしまったらしい。

もう一冊、もっと厚い、くわしそうな解説書を引き抜いて、さらに立ち読みを深くすると、これは、

——へえ——

男が女の立場になって歌ったもの、という説もあり、

——坊さんのフィクションなのか——

なんだかつまらない。現実であったほうがおもしろい。しかし、もっと驚いたのは、

——本当に？——

これは一夜の出来事じゃなく……つまり前の日の夕方あたりに「今来む」と言われて次の朝まで待ったのではなく、「今来む」と言われて、そのまんま何カ月も待って、とうとう秋になり、長月の月まで見てしまった、という解釈も有力らしい。

——昔の人はのんびりしていたんだ——

とも思ったが、のんびりしていたかどうかとは関係なく、

——そんなこともあるかな——

夜、独り寝のベッドの中で想像した。やっぱり男の立場がふさわしい。志郎には考えやすい。

「必ず行くわ、近いうちに」と女は言ったのだ。これは、ただの〝行く〟ではない。〝行ってていっしょに暮らしましょう。あなたの愛を受け入れます〟くらい、重い意味をこめた約束なのだ。だから、男は待った。待って、待っていつのまにか月日が流れた。それでもやっぱり女は来てくれなかった。

——悲恋だな——

そんなストーリーの映画があったような気もする。

——フィクションかなあ——

いや、現実にもありうる。志郎は確かそっくりの夢を見たのではなかったか。

あくる日、通勤電車に揺られながら、

——お祖母ちゃんが言ってたのは、そんなに深くない——

ただのしゃれ。言葉の遊び。

——でも、なんだかおもしろい。よくできている——

百人一首の歌を利用しながら狐がコンと鳴くところがいい。とぼけた味がある。こっちのほうは、

――何カ月も待ってるわけじゃない――

ちょっとした待ちぼうけ。志郎は、祖母の声といっしょにそのときの絵柄まで頭の中に描いていた。

「久しぶりねえ」

「うーん」

新年、一月、大江戸線のエスカレーターで芳恵と出会った。大江戸線は地下深くを走っている。だから地上へ出るまでに長いエスカレーターに乗らなければいけない。志郎は下から上へと向かっていた。なにげなく隣の、下りのエスカレーターを仰ぎ見ていると、青のコートが映り、上から笑顔がおりてきた。芳恵はいつ気づいたのだろうか。下からあがってくる人の中に志郎がいることに……。志郎も気づいて、笑った。

十数年ぶり。それでもすぐにわかった。志郎が、

「やあ」

と言い、すれちがいざま身ぶりも交えて、

「下で待ってて。おりて行くから」

と伝えた。エスカレーターを上りきって下りに乗り換えた。芳恵は首をすくめて待っていた。

「時間ある？」

「ええ」

アフター・ファイブ。いや、アフター・シックスだったろう。志郎はオフィスからの帰り道、用のある身ではない。芳恵はショッピングのあとらしく、デパートの紙袋をさげていた。

「コーヒーでも、どう」

「いいわよ」

とても心安い。いっときは親しい仲だった。

「結婚したんだよな」

通知を受け、とうに知っていることを尋ねた。

「ええ」

「ずーっと？」

「そう。ずーっと」

「九州へ行ったんじゃなかったっけ」

「ええ。でも今は川崎」

　夫の転勤があったにちがいない。

「お子さんは？」

「ない。駄目みたい」

　きわどいことをサラリと話す人だった。

「あ、そう」

「だからパートやったり、東京へ出て来たり」

「なるほど」

「つまんない」

「夕食は？」

「いいわよ」

「飲もうか」

　飲めるくちだった。

「飲みたいわ」

　ドイツ・ビールを飲ませる店、ソーセージのうまい店へ誘った。

「川崎は、どこ」

「田舎のほうよ。東京はいいわね。やっぱり」

「そうかな」

「あなたは？　お子さんは？」

「いない」

「ばついち？」

「ううん。結婚もしていない」

「へえー。いいわね」

「そうかな」

「じゃあ、ずーっと……同じ会社で？　印刷会社だったわね」

「そう。ずーっと同じ」

「好きで同じなのと……いやいや同じなのと、ちがうわ」

「好きとも言えんけどな」

芳恵の結婚生活は後者なのかもしれない。漠然とそう感じたが、的中していたのかどうか、

——わからない——

深くは考えなかった。

そこそこに親しかったけれど、正直なところ志郎は芳恵がどういう人なのか、ずーっとよ

くわからなかった。いつも自分の意志を貫く。なにかしら強い好みを持っている人らしい。だから、

——ほかの女の人とちがっている——

いや、そうではない。

——女の人なんて、みんなちがっている——

志郎のほうがよく知らないのだ。どの道、人をよく知るなんてことは……特に女性をよく知ることは、むつかしい。結婚して初めて少しわかるものなんだ、とか。独身では、やっぱり男は夢を見てしまう。

芳恵は勝手に考えて、勝手に動く。別れたのも急だった。なぜ別れたのか、志郎は納得したわけではない。突然、

「やめましょ」

「なにを」

「会うの」

「あ、そう」

明日はまた変わるかもしれない、と思ったが、変わらなかった。

——仕方ないか——

十数年前にそう思い、それからは、そのまま今日に続いていた。唐突に別れ、唐突にめぐりあい、そして仲よくビールからワインに替えて二人ともほどよく酔っていた。

「抱きたい」

一度は……三度ほどは抱きあった仲だった。

「いいわよ」

誘っておきながら相手の心理が志郎にはよくわからない。

——人妻はもっと貞淑なものではないのか——

男だけが考えていることなのかもしれない。

赤坂の表通りを曲がって細い道に入る。繁みの深い一角がある。

「今年は暖かいわね」

「今日が特別なんじゃないのか」

「いいこと、あるかしら」

「さあ、どうだろう」

路傍に小さな祠《ほこら》がある。さながら繁みとともに街の開発からかろうじて残されたみたいに。

「拝んでいく。初詣しなかったから」

「こんなところで？」

「いいの」

芳恵が小走りに入り込み、志郎があとを追った。女はコートのポケットから赤い財布を抜いて、おどけるような動作で中を覗き、

「一つ、あなたのため。もう一つは私」

コインが二つ音を立てて賽銭《さいせん》箱の中に落ちた。五百円玉のようだ。

二拝二拍手一拝。

「毎年拝むの？」

「まあ、だいたい」

「奮発したな」

しめて千円は、こんなぼろい祠には高額のほうではあるまいか。

「いつもそう」

「へえー」

「こんな小さい神社だって神様がいるわけでしょ」

「いるだろうな」

「大きな神社で千円くらい出したって参拝者が大勢いるから、神様、面倒みきれないわよ。〝うん、千円か〟くらいのもんじゃない」

「なるほど」

「ここなら五百円で〝よし〟って気張ってくれるかもしれないわ」

「なにを祈った？」

「いろいろ。でも、ご利益ないわね」

「駄目かな、小さい神様は」

笑いながらまた少し歩いて、その手のホテルの門をくぐった。

ベッドが大きい。サイドテーブルと椅子はひどく小さい。唇を重ねて、

「久しぶり」

「忘れちゃった」

「シャワー、どうする？」

「先に入っていい？」

「どうぞ」

水音を聞きながら窓の外をうかがうと、黒い繁みが見える。さっきの祠のあたりから続いているのだろうか。都心には時折こんな一角があったりする。

「狐がいたりするんでしょ」

バスローブをまとい、髪を拭きながら芳恵が呟く。

「えっ、狐？」

「このあいだ新聞に出てたわよ。山手線の土手に狐が巣を作っていたって。東京にだって、いるのよ」

「へえー、知らなかった。どこかの家で飼われてたのが逃げたのかな」

「狐、飼うかしら」

「さあ。俺もちょっとだけ洗ってくる」

手早くシャワーをすませた。芳恵は顔まで毛布を引いて横たわっていた。毛布のふくらみが薄い。肩幅の細い人だ。灯りは、ほんのりと明るい。

ベッドへ滑り込み、毛布を剝《は》いだ。抱きあって手を滑らせ、初めて見るみたい……。シンメトリックに繁った恥毛が、ひどく上品に映った。芳恵は体をまっすぐにしている。

——この前はどうだったろう——

はっきりとは思い出せない。男女の仲なんて……これはとても大切なことのはずなのに記憶は思いのほか、おぼろである。

愛が深まったとき、

「コン……」

と芳恵が鳴いた……囁いた。ジョークではない。ジョークを囁くような情況ではない。聞きちがいかと思った。そのまま無言で営みを終えた。

「帰るんだろ」

「ええ、もちろん」

九時を過ぎるころホテルを出た。

「どこへ」

「ここでいいわ」

地下鉄の駅に通ずる門で立ち止まった。

「また会おう。たまに」

「ええ」

「いつ、どこへ連絡したらいい？」

「私から連絡します。お名刺ちょうだい」

「あ、そうね」

型通りに渡すと、芳恵は目を走らせてから、

「えーと、いろいろあるから……来年の今日、さっきのティールームで。七時に」

スラスラと言った。あらかじめ考えていたことなのかもしれない。

「来年？　それがいいのか」

「ええ。一年間、楽しみにしてるわ」

　それで別れた。

　――なんなのかな――

　狐につままれたみたい……。少し歩いて、少し笑った。さっき「コン……」と聞いたのは、芳恵はこんなときに必要な用具を呟きかけたのかもしれない。その備えがあるのかと……。記憶をたどると、その言葉をふいと平気で口にする人だった。志郎は、ようやく思い出した。


　一年たって志郎は約束を守った。ティールームの隅で待ち続けた。初めは、

　――きっと来る――

　と信じた。

　三十分が過ぎて、

　――来ないのかな――

　と考え直した。

　一時間が過ぎ、

　――来ない――

　と確信した。それが現実だった。

芳恵は一年のあいだに、なにかけりをつけるつもりだったのかもしれない。ふんぎりをつける必要があったのかもしれない。その事情が変わったとか……。それは芳恵にとってよいことなのか、わるいことなのか……それとも、もともと深い思案もないまま告げたことだったのかもしれない。

——わからない——

もともとよくわからない人なのだ。そぞろ歩きの足を延ばして、あの祠と繁みの界隈まで行く。

百円を投じ、踵《きびす》を返したとき、背後で、

「コーン……」

と聞こえた。

振り返った。狐の鳴くはずがない。おそらく近くに工事現場があって、資材置き場の鉄管が触れあって、鳴ったのではあるまいか。そんな感じの音だった。

「いまコンと狐が鳴いた待ちぼうけ」

と独りごちてから笑った。

——よくできている——

もと歌の歌人はやっぱりずっと長いこと……何カ月も待っていたのかもしれない。

――しかし、なあ――

通行人が奇妙に思うだろう。だから込みあげてくる笑いを抑えた。

――狐って、本当に〝コン〟と鳴くものなのか――

一度も考えたことがなかった。考えてみれば、少しヘン。だれが聞いて、いつごろから、それが狐の鳴き声となったのか。

今年の冬も暖かい。

――そう言えば――

芳恵は細面で、目がちょっと吊りあがり、とりわけ愛のさなかには、苦しそうに顔をしかめる。そして「コン……」と呟いていた。

猫のしっぽ

「それで、その香代子さんて人〝絶対に会いに来るから〟って言ったんでしょ」

テーブルの上に備前焼風の徳利とぐい飲みが二つ。叔母さんは文彦の手もとに酒を注ぎながら言う。

「絶対ってわけじゃないよ」

「よくよく強い気持があったからだよ」

「どうかな。古い話だもん」

十年も昔のこと……。古い話だし、それよりもなによりもまともな話じゃない。

「好きだったんでしょ」

「まあね」

好きと言えば確かに好きだった。初めて真剣につきあった女《ひと》だった。

しかし、今となっては、

——そういうこと、あったんだよなあ——

過去の思い出の中のひとこま、ほとんど忘れている。そのあとにもいくつか女性関係がないでもない。

「じゃあ、会いに来るわ」

叔母さんは独り頷《うなず》いて呟く。

「どうだか」

香代子とは、そう、二年ほどのつきあいだった。近しいと言えば、かなり近しい仲だった。いっしょに旅に出たり、彼女が文彦の住むアパートへ訪ねて来たり、何度か抱きあった。

そんなある日、新宿のティールームだったと思うけれど、

「私、死んだら会いに来るよ」

香代子は笑いながら突然呟いた。どうしてそんな話題になったのか、事情はまるで思い出せない。

「へえー。そういう話、あるよな」

「そう。死んで、しばらくたったら会いに来るの」

「わかるかな。そんときはべつな人になってるわけだろ」

「でも、なんかわかるのよ、きっと」

「合図を決めておくか」

「そうねえ。話しながら耳をかくわ」

それが香代子の癖だった。

「うん。それがいい」

香代子のほうが二つ年上だったから順序としては彼女のほうが先に死ぬのかもしれないけれど、

——これはかりはわからない——


いずれにせよ、二人は二十代、このテーマはずっと先のことだろう、まったくの冗談、話のはずみ、気にもかけなかったが、それから少したって香代子は本当に死んでしまった。自動車に撥ねられて……ほとんど即死だったらしい。

——なにかしら彼女には予感があったのかなあ——

そんなことはあるまい。

もちろん文彦はショックを受けた。悲しかった。だから叔母さんにも話してしまったのだ。叔母さんとのつきあいは長い。子どものときからかわいがられて、ここ十数年は独り暮らしの叔母さんが心細がるし、親戚からも、

「訪ねてあげなさいよ。近くに住んでいるんでしょ」

と命じられる。

文彦は三十代の気ままな独身生活。だから月に一回くらいは様子うかがいをしていた。二

人とも酒飲みだから、さしつさされつ、ちょっと楽しい。

あのときも文彦が持参した吟醸酒を切り子のグラスに注いで、少ししんみりと、

「事故に遭う前に〝死んだら会いに来る〟って言ってたんだよ」

「あ、そうなの」

叔母さんは、そう真剣には聞いていなかった。文彦の印象はそうだった。だから、そうくわしくは話さなかったし、くわしく話すほど中身のある話でもなかった。あのころはまだ叔母さんの脳味噌がしっかりしていたから、真面目には聞いていなかったのとちがうか。

だがそのうちに脳味噌が少しずつ弱くなり、

「ほら、あの話、あなたが好きだった香代子さんて人、会いに来た？」

突然に聞かれて文彦のほうがびっくりした。

「会いに来るったって……」

いい大人がまともに交わす話ではあるまい。

「いいえ。そういうことって本当にあるのよ」

それからは何度も聞かれた。仕方なしに逐一話した。少しずつフィクションが混ってしまった。

「耳をかくのね？　右？　左？」

「なに？」

「ほら、合図があるんでしょ。話しながら耳をかくんでしょ」

「どっちだったかな」

「そんな大切なこと、忘れてどうするのよ」

「えーと、右だな」

そのうちに叔母さんは、わざわざ電話までかけてよこして、

「見たのよ、近所のＤＰ屋さんによく来る娘さん、話しながら右耳をかくの。よっぽど声をかけてみようかと思ったけど……」

「やめてくださいよ」

正気とは思われないだろう。

だが叔母さんの脳裏にははっきりとイメージができあがっているらしい。いつの日か香代子の生まれ変わりが文彦の前に現われて右耳をしっかりとかいて再会の合図を送り、二人はふたたび恋に堕ちるのだ、と……。

「香代子の生まれ変わりなら年齢が合わないでしょ」

「ううん。だれかに取りつくこともあるのよ」

あんまりしつこくこのテーマに関心を持つものだから、

「なんかあるんですか」

と迷信の拠りどころを尋ねると、

「子どものころ聞いた話があってねえ」

「へえー」

この日も酒を酌《く》んでいた。叔母さんは料理がうまい。大げさな調理ではなく、本当にちょっとした小皿、小鉢のたぐい、それを簡単に作ってしまう。もずく酢、ほうれん草のごまあえ、いかのすり身あげ、酒によく合う。

「学校の先生がいらしたの。長尾先生。英語の先生かしら」

「うん？」

「いいなずけがいて、お貞《てい》ちゃん。愛しあっていたのに、お貞ちゃんが肺病にかかってしまって」

叔母さんは結婚はしたけれど子どもには恵まれなかった。夫は早く死ぬ。だがそれなりの財産を残してくれたらしい。贅沢ではないが、生活に困る様子はない。若いころには映画なんかをよく見て、恋愛ものが大好き。今も文彦相手に、英語教師とお貞ちゃんが〝愛しあって〟と言うときには眼がクリンとうれしそうに動いた。

「いつごろの話よ」

「少し前じゃないの。英語の先生で」

「うん」

「でもお貞ちゃんは肺病にかかって、いよいよ死ぬことになったのね」

「まだいい薬が発見されていなかったんだ。ストレプトマイシンとか」

文彦は製薬会社の図書室に勤めているからこの方面の知識がないでもない。ストマイが日本の病院で広く使われるようになったのは、

――一九五〇年くらいかな――

その後にもどんどんよい薬が発見されたけれど、以前はまちがいなく死に到る病として恐れられていた。

「きれいな人はよくかかったのよ。お貞ちゃんも、そりゃきれいな娘さんで」

叔母さんは見てきたようなことを言っていた。

「それで?」

「死のまぎわに〝きっと生まれ変わって会いに来ますから、それまで待っててください〟って、そう誓ったんだわ。長尾先生は〝待っているけど、どうしてあんたとわかるかな、生まれ変わった人を〟って聞いたわけね。そしたら〝待ってたら、そうとわかります〟……」

「合図はなんだろ」

「合図のことは聞かなかったけど、先生は結婚もせずにずっと待っていたの。お貞ちゃんは十五で死んで、死んでからちょうど十五年たったとき……」

このあたりでしめ鯖がテーブルの上に載る。口に運ぶと、ほどよく酢の味がして、ますます酒がうまくなる。

「十五年たって？」

「そう。十五年たって、そのあいだにいろんなことがあったけど、あるとき先生が旅に出たのね。そしたらお貞ちゃんそっくりの人が給仕に出て来て、先生は頬っぺをつねりながら〝私はあなたとそっくりの人を知っているんだが、あなたは、どこの生まれで、なんていう名前か〟って聞いたわけ」

叔母さんは文彦ほどには飲めないけれど、適度に飲んで顔を染め、少しずつ饒舌になる。話し上手になる。

「うん」

「そしたら〝あなたと同じところの生まれです〟〝えっ、どうして私の生まれたところを知っているんだ？〟〝先生、長尾先生でいらっしゃいましょ。私、お貞です。きっと生まれ変わりますから待っててくださいってお願いした、あのお貞です〟そう言ったかと思うと、その女の人は、気を失って倒れてしまったのね」

「なるほど」

「で、次に意識を取り戻したときには、もうなんにも覚えていないの。先生がなにを聞いても初対面の人なのね。でもおつきあいが始まり、先生はこの人と結婚して、一生しあわせに暮らしましたとさ」

「その後もずーっとお貞ちゃんに似たままだったのかな」

「それは、どうかしら。似てはいたけど、すっかり似てるわけじゃなく、どこか似てる。あるとき、あ、ここが似てる、そう思い出すくらいね」

「やっぱり」

「そうだったんじゃないかしら」

結末については叔母さんの想像がたっぷりと混っているらしかった。

話を聞いているときから文彦は、

——なんだか変だな——

そう疑ったのは本当だった。ありそうもない話を信じてしまうのは叔母さんの癖だったし、文彦自身も、

——そんなことあってもいいかな——

フィクションを頭から否定せずに、ちょっと信じて楽しむ気分を持たないでもなかったか

ら、話の非現実性を疑ったのではなく、〝変だな〟と思ったのは、

——これって、いつごろの話なんだ——

叔母さんの近くであった……いや、幼いころに身近な出来事として聞かされた話のようだったが、印象が少しちがった。職場の先輩に、

「人が生まれ変わることって、あるらしいですね」

と言ったら、

「そういう話は、よくあるよな」

「叔母から聞いたことなんだけど……」

先生とお貞ちゃんの話をかいつまんで伝えたら、

「それってラフカディオ・ハーンだろ」

もの知りの先輩に指摘されてしまった。

「えっ、そうなんですか」

「確かあったよ。『怪談』の中に。ほら〈耳なし芳一のはなし〉とか〈雪おんな〉とか、有名な怪談がいろいろあるだろ」

「ええ」

簡単に文庫本を見つけることができた。

――なるほど、なるほど――

タイトルも〈お貞のはなし〉と、すぐにわかった。おそらく叔母さん自身は原典を読んだわけではなく、叔母さんの近くに巧みなストーリーテラーがいてハーンの作品を現代の奇談としてまことしやかに語ったにちがいない。そこには英語の先生も絡んでいたりして……。

原典の冒頭部分の翻訳を、文彦が手にした岩波文庫から引用して示せば、

〝むかし、越前の国、新潟の町に、長尾長生《ながおちょうせい》という男が住んでいた。

長尾は医者のせがれで、ゆくゆくは父の生業をつぐために、学問をしこまれていた。まだ年のいかぬころ、父の友人の娘にお貞というのがあって、長尾はこのお貞と許婚《いいなずけ》の仲になっていた。長尾の家でも、お貞の家でも、長尾の修行がおえたら婚礼の式をあげることにしようと、とうから話がととのっていたのである。ところが、お貞のからだの弱いことが、いつからともなくわかってきた。十五の歳になったおり、お貞は不治の癆症《ろうしょう》にとりつかれたのである。お貞は、しょせん自分は死なねばならぬ身だということをさとると、永の別れに長尾を呼んでもらった。

長尾が枕もとにすわると、お貞はこんなことを言った。

「長尾さま、わたくしどもは、おたがいに子どものときから、縁の定まっていた仲でございましたね。ことしの暮れには、式も挙げるはずになっておりました。それなのに、わたくし

はもうまもなく死んでまいります。——みんなこれは、神様のおぼしめしでございますわ。このさき、わたくしが何年生きながらえたところで、それはただ人さまに、この上のご迷惑と歎きをおかけするだけでございます。だいいち、こんなひ弱なからだでは、とてもいい奥様になんぞなれっこはございませんもの。ですから、わたくし、この上あなたのために生きていたいなどと思うのは、それこそ身勝手な、わがままな願いだと存じますの。わたくし、ほんとにもう、死んでいくことにあきらめました。ですから、あなたもどうかお歎きにならないように、お約束してくださいましね。……それにわたくし、きっとふたりは、もういちど会えると思いますの。わたくし、じつは、それが申し上げたかったのでございます」

「ほんとだ。おれたちは、きっとまた会えるとも」長尾は、ことばに力をこめて答えた。「——弥陀の浄土には、別れという苦患《くげん》はないからな」

すると、女は、ことば静かにいうのであった。「いいえ、いいえ。わたくし、来世のことを申しているのではございませんの。わたくし、きっとこうだと思います。ふたりは、かならずこの世で、もういちど会える宿世《すくせ》になっているものと存じますの。たとえあすが日にも、わたくしが土の下に埋められましても」

作品はこのあとも情緒たっぷりに連綿《れんめん》と続いていくのだが、要は叔母さんが話してくれたことと同一で、十五年後、お貞は長尾長生の前に現われ、自分がお貞の生まれ変わりである

ことを訴えて昏倒。そして作品は、

〝長尾は、この女と結婚した。その結婚はしあわせであった。けれども、その後女は、かの伊香保で長尾の問に答えたあのとき、自分がなにを言ったか、絶えて思い出すことができなかった。それからまた、前の世に自分が何であったかということも、ことごとく忘れてしまっていた。めぐり会ったあのせつなに、ちょうど狐火かなにかのようにふと燃えあがった前世の記憶は、その後ふたたびまた朦朧《もうろう》となってしまったのちは、それなり不明になってしまったのである〟

奇っ怪な出来事をくどくどと説明することもなく終わっている。

——昔話だったのかな——

このあたりの事情を叔母さんに伝えてよいものかどうか、

——知らないほうがいいかも——

ためらっているうちに、よい機会もなく歳月がたってしまった。叔母さんはだんだん脳味噌の活動が弱まるにつれ、

——この手の再生をわりと本気で信じているらしいぞ——

これについても、それがいいことなのか、わるいことなのかわからない。

叔母さんの家は神楽坂から五百メートルほど東へ入ったところ、ほとんど曲がる気になれない、さびれた角を曲がって奥へ入って突き当たり、古い二階建ての家だ。うしろに庭があり、深い繁みに通じている。

「ずいぶん広い庭だね」

「ちがうのよ。繁みはみんな区のものなの。ひと続きになってるから、うちの庭が広いみたいに見えるけど、繁みは傾斜になってるし、ま、季節ごとにいろんな花が咲いたり、木の葉が色を変えたりして楽しいけど、枯葉が飛んで押し寄せて来るから大変なの」

都心にありながらこの一角だけはひどく鄙《ひな》びた立地条件なのだ。夫を亡くしてから十数年、見たところさほど寂しそうには見えないが、年を取るにつれやっぱり無聊《ぶりょう》をかこつことが多いだろう。

「いいのよ、お酒を飲んで、いつのまにかコトンと死んでいて……」

「変なこと、言わないでよ」

だから……というわけではないが、叔母さんは寂しさを紛らすため猫を飼っている。四六時中猫に話しかけている。

猫は昔から好きだったらしい。

「犬のほうが番犬になっていいんじゃない」

と文彦が勧めても、

「ううん、犬は大変。散歩をさせなきゃいけないし、ウンチは大きいし、猫は自分独りで生きているようなところがあるでしょ。抱いたときクルンと腕の中に入るし、犬はゴツゴツして駄目」

「そうなんだ」

「それにチャコは特別でしょ。こんなに頭のいい猫はいないわ」

「何匹目なんですか。最初に飼い始めてから」

「どのくらいかしら。子どものころにも飼ってたし」

「ここに住んでからは?」

「そうね。えーと、ゴンでしょ、クルでしょ、それからマイがいて……チャコで四匹目かしら」

「ゴンは知ってる。黒いやつ」

「ええ。家出して、そのまま帰って来なかったけど」

「死んだのかな」

「そうなんでしょうね。警察に届けたけど、駄目だったわ」

「そりゃ捜してくれないよ、警察じゃ」

「このごろは専門の業者がいるのね」

「えっ、猫捜しの？」

「猫だけじゃないけど……。犬でも、鳥でも、ペットがいなくなると捜してくれるらしいの」

「へぇー、どうやって捜すのかな」

「ポスターを作って電信柱に貼ったり、空き地で鳩に餌を撒《ま》いてる人に尋ねたり」

「なるほど」

「でもチャコは大丈夫。賢いから……。ほら帰って来たでしょ。文ちゃんと噂してんの、ちゃんと知ってるのよ。ねっ、ご挨拶なさい」

障子の下の穴からスルリと入って来た猫が……チャコが、こちらを見て、

「ニャー」

と鳴いた。

「わかるのよ。私たちが話していること」

「まさか」

「本当よ」

文彦の記憶が正しければ、叔母さんとこんな会話を交わしたのは三年ほど前のこと。それ

より一年ほど前にチャコはデパートから買われて来て、まだほんの仔猫だったのを文彦は見ている。まっ白い日本猫。尾っぽは初めから長かった。

まったくの話、叔母さんとはいつも同じ部屋で、同じテーブルの前に坐って、いつも酒を飲んでいたから……わけもなく時間の経過が曖昧《あいまい》で、いきおい月日の流れも、どれがいつのことだったか、はっきりしなくて、一つ、一つ、ゆっくり思い出さないと前後がわからなくなってしまう。チャコの成長と庭に咲く花とを思い出し、文彦は頭の中に大ざっぱな年表を描いているのだが、成長したチャコはここ一年あまり体形に変化がなくて、庭の花は毎年同じころに同じ花をつけるから、これもどの年のことか明確なヒントにはならない。

「お蜜柑《みかん》と猫は日本産が結構いいと思うのよ。外国の人はあんまり知らないけど」

ユニークな意見を吐く。ぼけが現われなければ頭のわるい人ではない。

「どういうこと?」

「柑橘類って言うの? グレープフルーツとかオレンジとか。でも日本のお蜜柑はおいしいし、皮離れがいいでしょ。指でむけるし、おっとりしてるじゃない、味も姿も」

「まあ、そうかな」

「子どもたちだって炬燵《こたつ》で上手に食べられるわ」

「うん」

「猫もね、ヒマラヤとかペルシャとか、いろいろ変なのがいるけど、日本の猫はえも言われずかわいくて、飼いやすいわ。優しい感じがして」

「そうね」

言うことはわかる。

「賢いし。チャコは特別賢いの。本当、こんな賢い猫、知らないわ」

「うん」

「ゴンもクルも、みんな私の言うこと、わかったけど、チャコは特別ね。本当によくわかるの。このあいだも出かけようとして〝鍵がないわ、どうしたのかしら〟って言ったら、チャコはちゃんと聞いてて、電話の下に走ってって〝ニャーッ〟って鳴くの。そこに鍵があるんだから、びっくりしちゃったわ」

「すごいね」

おそらく叔母さんの動作を見て外出とわかり、それで鍵が入用のはずと、その近くへ行ったのだろう。これだけでも充分に賢いが、叔母さんの言う言葉がわかったのかどうかは疑わしい。

文彦は考える。

――あのときはテーブルの上に蜜柑があってチャコはストーブの横の小座布団の上で眠っ

ていた——

情景が浮かぶから……冬、去年ではなく一昨年、チャコは仔猫ではなかった。そして、

——あのころからだよな、チャコが言葉がわかると叔母さんがしきりに言いだしたのは
——

その後、ますますこの傾向がひどくなり、文彦は訪ねるたびに実例を聞かされた。

——ぼけと比例するのかな——

危惧を抱かないでもなかった。

叔母にしてみれば、外に出る機会は少なく、おおむね家に一人でいるのだから、せっせと猫に話しかける。チャコは両前足をそろえて背を伸ばし、目をあげて凝視する。それが身についたしぐさなのだろうが、いかにも傾聴しているように見える。これは本当だ。文彦がいるときでもチャコがそばにいて、眠っていなければ叔母さんはしょっちゅう話しかけているのだ。

「文ちゃんが持って来てくれた焼酎、ものすごくおいしいわ。チャコ、飲む？」

と、ぐい飲みを近づけると、チャコは……本当に首を振るのだ。

「あなた、下戸ですもんね」

スゴスゴと部屋を出て行く。

「ね、私の言うこと、ちゃんとわかっているでしょ。〝雨が降るのかしら〟って聞けば〝ニャーッ〟て言って、しばらくすると降ってくるし」

「それは、ただ鳴いただけじゃないの」

「ちがうわ。同じニャーでもイエスとノウがあるのよ。私にはわかるわ」

「叔母さんが猫語がわかるんだ」

「おたがいさまよ。会話ですもん。本当にあの子は私の言うことがわかるの。〝チャコ、いらっしゃい〟」

とたんに障子の穴からチャコが戻って来たのには文彦も驚いた。

――少しわかるのかもしれない――

叔母さんは、

「ねっ」

と自信たっぷりに笑い、

「ここにいらっしゃい」

猫はビョンと叔母さんの膝の上にのる。

「毛並みのいい猫なの。手触りが抜群。とくにこのあたり」

背中をなで、それから尻尾を掌で包んでなでる。

「これが好きなの。ねっ？」

チャコが目を開けて、うれしそうに見る。

「文ちゃんもやってあげて」

言われて文彦も尻尾をゆるくつかんでなでてやった。確かに掌に細く、快い感触が伝わってくる。チャコもうれしそうに文彦の顔を見つめている。本当に変な猫だ。

——とびきり賢いのかもしれない——

そう思った。

話が猫ばかりになってしまったけれど叔母さんは、

「文ちゃんも早く身を固めなくちゃあねえ」

このテーマにも関心があった。

「そうだねえー」

考えていないわけではない。

「右耳をかく人、いないのかねえー」

猫の尾っぽをなでながら遠くを見つめている。

「いいですよ。そんなこと」

「いつか見かけたけど」

「やめてよ、そんなの」

「だれかいないかしら。このごろは私も、若い娘さんに知りあいがいないんでねえ」

「大丈夫。間に合ってます」

文彦は首を振った。

実際、半年ほど前からつきあっている人がいる。あえてわかりやすく言えば、

──香代子以来初めて本気でつきあえる人──

と言ってもいいだろう。香代子とはぜんぜんちがうタイプだし、もちろん耳をかいたりはしない。名前は朝美《あさみ》。いい線を行ってる仲なのだが、彼女は旅行会社に勤めていて、海外の勤務が多い。そして結婚を望んでいない。文彦もあえて求めない。それを承知でウインウインの仲となったのだ。叔母さんに話したら、ややこしいことを言われるかもしれない。だから黙っている。が、他の女性を世話されたりすると、困ってしまう。

「チャコ、あんたはいろんなところ歩きまわっているから、どこかにいい娘さん、いないかね？」

「ニャーン」

と鳴いた。そして右足を耳にあげたのは、ただの偶然。猫がよくやるしぐさ、顔を拭こうとしただけだろう。

「よろしく頼みますよ」

と声をかけると、また目を見張って「ニャーン」と鳴いた。イエスなのか、ノウなのか、文彦にはわからない。


朝美と会うのに忙しい。ふた月ほど叔母さんのところへ訪ねずにいたら職場に電話がかかって来て、いきなり泣き声だ。

「どうしたの」

「チャコが、チャコが……死んだの」

「事故？」

周囲に気をかけながら小さく尋ねた。

「病気。二、三日前から変だったの。でも突然死んじゃうなんて。今夜、お通夜をやるの」

駆けつけてやりたいが、

「残念だなあ。どうしても外せない用があって」

「いいわよ、仕方ないわ」

しばらくは嘆き節が続いたが、叔母さんは職場への電話はまずいと気づいたのだろう。

「もうやめるわ。しようがないもん。折を見て来て」

「わかった」

しかし結局訪ねたのは一カ月あまりを過ぎてから。叔母さんは充分に落ち着きを取り戻していた。

ただ……少し妙なことを呟く。いや、当然の言葉かもしれない。

「死ぬ前の日にね、いよいよ死ぬかもしれないって、わかったから〝生まれ変わって、きっとまた会いに来てね〟そう言ったのよ。そしたらそれまで目を閉じてたのにポッカリ目を開けて〝ニイ〟って鳴いたの。弱々しかったけど〝イエス〟ね。心が籠《こも》っていたわ」

「ふーん」

「本当なのよ」

なにはともあれ叔母さんはチャコとの再会を待ち続けるだろう。


そして一年がたった。

久しぶりに叔母の家を覗くと、叔母さんが走り出て来て、

「そのまま。靴を脱がないで」

と庭へ誘う。

「なんなの?」

「話したでしょ。チャコが絶対に会いに来るって」

「うん？」

「庭の隅に埋めたんだけど……」

「うん」

繁みが深い。木々の下に藪《やぶ》が続いている。

叔母さんは正気なのだろうか。ぼけが進んでいるみたい。しかし、

「ほら、ここ」

「これは……」

文彦は呟いて目を見張った。

一種の変異なのだろうか。長い茎がみごとな花を咲かせて垂れている。これほどの花を見たことがない。ずいぶんと太く、大きく育っているけれど、

——この花……確か猫柳と呼ぶんだ——
四、五本の房が立って揺れている。叔母さんが掌にとってなでる。
「ほら、来てくれたのよ、チャコが」

言われて文彦も握ってみた。なでてみた。

「うん」

頷いてしまった。

この感触……。色あいまでがチャコの尾っぽそのものだった。

「話しただろ、叔母さんのこと」

「ええ」

その夜に朝美に会った。ベッドの中で日中の出来事を話した。

「そっくりなんだよ、手触りが」

「生まれ変わりなのね。部分的に」

「そうらしい」

灯りを消した。朝美はクフンと息を荒らげる。

——待てよ——

文彦は思った。

叔母さんの説によると、恋しい相手は生まれ変わるばかりではなく、生きてる人に取りついて、その人を自分そっくりに変えるケースもあるのだとか。もしそうならば、

——それかな——

今……毛布の下の手触り。

――香代子にそっくり――

暗闇の中で、ことさらに強く感じてしまうのだ。疑いようもないほどよく似ている。

急に朝美が身を起こし、

「どうしたの」

と灯りをつけた。

「いや、べつに」

朝美の手が耳を、右の耳をかいている。

黄色い影法師

——俺はしあわせだなあ——

恒平は時折、鼻筋をなでながら独り呟く。欲を言ったらきりがない。まずまずの生活、ほどよい気分の毎日……。

——これでいいのだ——

四十五歳。プラスチックを加工する会社の営業マン。昨今の不景気な世相の中にあって会社の業績はわるくない。仕事も楽しい。先月、課長に昇進した。健康にも不安がない。家族は花のように明るい妻の花恵に、一男一女。小学六年生と二年生。上は優秀で、下はかわいらしい。ローンで買った家は渋谷に近い私鉄の沿線にあって、にぎやかな商店街もあれば緑の公園もある。

どこといって不足が見当たらない。

——もともと欲の多いほうじゃないしな——

人生このくらいなら安んじて満足すべきだろう。電車に乗っていても、

——この車両に俺より幸福な奴、いるかなあ——

まあ、いることはいるだろう。しかし、けっして多くはあるまい。逐一調べてみたら、

――いないんだ――

そう悟るのではあるまいか。だから、いつも心中ひそかに、

――しあわせだなあ――

そう呟く流行歌があったはずだ。

――これでいいのだ――

そう宣言する漫画があったはずだ。

だが……。

その日、恒平は内幸町から地下鉄の駅へと向かっていた。うららかな昼下がりである。

車の走る表通りよりは日比谷公園を抜けて行こうか――

――どうせなら日比谷公園を抜けて行こうか――

車の走る表通りよりはずっといい。繁みを抜けると薔薇の花盛り。風に乗って甘い匂いが寄せてくる。どのベンチも花を眺める人が一人、二人、三人と笑っている。

中年の男がスイと立って急ぎ足で去って行くのを見て、恒平も、

――ちょっと鑑賞して行くか――

花壇を離れて一枝ポツンと咲いているのを見つけて、

――へそ曲がりがいるんだ――

ベンチに腰をおろした。

いろんな薔薇があるけれど、やっぱり赤く、大きく、ふくよかに咲いているのがいい。眺めながら思案をめぐらす。

――種類がちがうのかな――

群がって咲いているのと、瀟洒《しょうしゃ》な応接間に一本だけ立っているのと……。ここには一本で気品を主張するほどの花はいない。

――値段の差だろうな――

せちがらいことを考えた。しかし薔薇たちは群がって咲いているほうが自然で、うれしいのかもしれない。

少し離れて黄色い花が咲いている。

――あれも薔薇かな――

やっぱり赤がいい。薔薇に限らず黄色はそんなに好きな色じゃない。

――なぜかな――

わからない。なにか遠い日に黄色を嫌ったことがあったような気がするのだが、すぐには思い出せない。

――さて――

いつまでも花壇を眺めているわけにはいかない。立とうとして、

――あれっ――

ショルダーバッグに隠れて葉書大の茶封筒がある。二センチほどの厚さ。

――なにかな――

バッグの口がなかば開いているので、中からこぼれたもの……つまり自分のものかと訝《いぶか》ったが、手に取ると封がしてある。覚えはない。だれかの忘れもの。

遠く公園の出入口のほうへ目を送った。

――さっき、ここを立って行った人――

サラリーマン風の人だったが、思い出せない。よく見なかったし、もう七、八分くらい時間がたっているから、視線の届くあたりにウロウロしているはずがない。確か早足だった。

掌に載せて確かめ、封が少し剝《は》げているのをよいことにして丁寧に開く。半分ほど開けて覗いて、

――テープか――

音声テープとわかった。昨今は珍しい。少なくとも、

――俺のものじゃない――

音声テープを持参した覚えはない。だれかの忘れもの、多分さっきの男の……。

——あったかなあ——

歩きながら振り返って考えた。さっきベンチに坐ろうとしたとき、ショルダーバッグを投げ置いて……そのとき、ベンチの上にこれがあっただろうか。

あれば気がつく……。だが、あったのに薔薇に気を取られて気づかなかった、この確率も高い。というよりそのほかには考えにくい。

——公園の事務所にでも届けるかな——

ポケットに収めたが、恒平も忙しい。薔薇を鑑賞したのは、ほんのひとときの寛《くつろ》ぎだった。思案は次の仕事に向かい、拾った茶封筒のことなど、すっかり失念してしまった。オフィスに戻り、一度、

——こんなもの、持って来ちまったな——

と狼狽したが、そのままショルダーバッグに収め、しみじみ手に取って見たのは、その日、家に帰ってからだった。プラスチックの箱に入った二つ穴の音声テープ。ひところは録音の主流だった。三ミリほど片側に巻き取られているから新品ではあるまい。ラベルは白く、なにも書いてない。

引出しの奥からテープレコーダーを捜し出した。スウィッチを押すと回転を示す。しばらく使ってないが電池は切れていないようだ。

――いいのかな――

遺失物を勝手に持ち帰って試聴するのはプライバシーの侵害に当たるのではあるまいか。

――でも、こんなもの、忘れた人が捜そうとするだろうか――

大切なものかどうかは聞いてみなければわからない。財布を拾ったのとはわけがちがう。

テープレコーダーを開いて中にテープを収め、スウィッチを押した。

「おまえを……」

いきなり大きな声が聞こえ、あわてて音量を下げた。スウィッチを切った。家族はテレビを見ていて気づかない。トイレットへ立って、おもむろにスウィッチを押した。

ドキン、と胸が鳴る。

「……恨んでるぞ。おまえは忘れてるだろうが、俺は忘れない。恨んでる。呪ってやる。かならず仕返しをしてやる。いつまでもノホホンとはさせておかないぞ。あはは、気をつけろよ……」

スウィッチを押して声を止めた。

――知らない声だ――

知らなくて当然だが、回転数もちがうようだ。つまり録音をしたテープレコーダーと、恒平のテープレコーダーとのモーターの回転数に微妙な差があって、声が肉声とちがっているみたい。少し早口になっているようだ。巻き戻して、スピードを変えながら、冒頭から聞いてみた。知らない声のような……でも知った声のような……。それに、聞いて気持ちのいい中身ではない。あきらかに恨んでいる。呪っている。

——まさか——

と訝る。

——俺に当てた恨み言葉じゃあるまいな——

あらためて拾ったときの情況を思い返してみた。これから先は可能性の問題だ。確率の判断だ。

——そんなこと、ありえない——

と思っても、まったくないとは言いきれない。

ベンチから立ち去った男がわざと恒平に拾わせるために茶封筒を置いて行ったとは考えにくい。あのとき恒平がベンチに坐ったのは、ふとした気まぐれであり、それを他人が予知するのは不可能だ。それに、

——本当にあの男の忘れものだったのか——

さらに言えば、恒平が坐ろうとしたとき、ベンチの上にはなかったような気もする。つまり、恒平が花壇に見とれているとき、背後からだれかがそっと滑らせたとか。

それは不可能ではない。周囲に充分な注意を払っていたとは思えない。うっかりしていることもあるだろう。

──だれかに恨まれてるかなあ──

恨まれているならば、そのだれかが音声テープをさりげなく恒平に拾わせる可能性もありうる。しかし、その確率よりも、

──恨まれていないよなあ──

こっちを信じたい。

くり返して聞くとテープは「おまえは忘れてるだろうが」と、しつこく訴えている。恨まれていても、こっちが知らないというケースを匂わせている。途中で切った。テープから漏れてくる声が不気味である。

──人に恨まれるような過去はなかっただろうか──

深夜、布団に入ってあれこれ考えてしまった。

まったくの偶然だろうか。数日後、恒平のオフィスで事件が起きた。契約社員の青年が上司を刺したのである。刺されたのは野尻という課長で、恒平と親しい。野尻が青年の上役であったのは六カ月も前のこと……。さいわい傷は深くはなかった。青年の母親がオフィスに

駆けつけて来て、

「どうか穏便にお願いします」

涙を流して懇願した。会社としても騒ぎにはしたくない。警察に訴えることもなく青年は退職、課長は一週間後に元気な顔を見せた。

「恨みがあったらしいけど、俺にはピンと来ないんだよな」

「叱ったこと、ないのか」

「叱ったかもしれんけど、軽くだよ。ほかのだれに対しても同じことやってる。彼にだけ特別にってことはない」

野尻課長は確かに厳しいところがあるけれど、つねにリーズナブル、社内の評判はわるくない。

「甘ったれてるんだろ。母親がすぐに飛んで来たとこ見ても、どういう奴か、わかる」

「まあ、そうなんだが、俺、傷つけやすいところがあるからな」

「傷つけやすい？」

「うん。世間には傷つきやすい人もいれば、傷つけやすい人もいる。それが一つところにいると、まずいわな、こりゃ」

「しかし半年以上も前だろ。いっしょにいたのは」

「ずっと恨んでいたんだろ」

「あんたはわるくないよ」

おおかたの判断は〝野尻さんはなにもわるくない〟であった。ただ恒平としては野尻がポツンと呟いたことが気がかりだった。

「自分にまったく覚えがなくとも、いつ、どこで、だれに恨まれているか、わからん。意外に深く恨んでる奴がいるものらしい」

「うん」

拾ったテープの中身もそうだった。わけもなく気がかりで、恒平はその夜もぼんやりと考えた。

――木崎は俺を恨んだろうな――

二十年以上も昔のこと……。大学の四年生だった。木崎とは同じクラスで、格別親しくはなかったが、出席番号が近いので入学以来会えば、

「よお、元気？」

「ぼちぼち」

挨拶くらいは交わす仲だった。ノートの貸し借りも一、二年のころはあったはずだ。三年になって彼は欠席が多くなり、当人は、

「べつに、たいしたことないんだ」

元気そうにしていたが、心に病を抱えていたらしい。くわしくは知らない。ちょっとした鬱状態があるくらいだろうと軽く考えていたが、もっと重かったらしい。四年になり、めっきりとキャンパスで見ることがなくなったが、二学期の終わりに廊下で顔を合わせ、

「どうした？」

このときはひどく憔悴していた。

「調子わるくて」

失恋をしたという噂を聞いていた。

「ケセラセラで行こう」

思いっきり軽い調子で告げた。すると、

「卒論が書けない」

と呟く。

リポートに毛の生えたような卒業論文が課せられていた。恒平としては、

――大げさに考えるほどのものじゃないよ――

と思っていたから……事実それが学生たちの常識だったから、

「卒論が書けない奴は馬鹿だ」

からかうような口調だったかもしれない。木崎は見栄っ張りのところがあったから実力以上のものを書こうとして悩んでいるのだろうと思った。

それから数日後、彼は自宅の机の前で命を絶った。目の前にリポート用紙が置かれ、そこにはただの一字も書いてなかったとか。聞けば、よい論文が書けないのではなく、考えをまとめて文章を綴ることができないほど心が……脳が弱っていたらしい。

明白な病人だった。一字も書けない人に向かって「卒論を書けない奴は馬鹿だ」は、きっとつらかったろう。死の直前まで木崎の耳にこの言葉が鳴っていたかもしれない。

恒平はだれにもこのことを話さなかった。とくにひどいことを言ったつもりはないが、相手がわるかった。タイミングがわるかった。苦い後悔が残った。

そして、

――ちょうど、あのころだったんじゃないかなあ――

記憶というものは後日の修正を受けるから……つまり最初の記憶がいろいろ変化して新しいストーリーを創ってしまうから、確かとは言えないけれど、

「恨みって追いかけて来るのよ。黄色い影になって」

言ったのは……そう、歌子だった。

「本当に？」

言われて思い当たることがないでもない。恒平は目を見張って歌子の表情を探った。

たとえばAがBを恨む。深く恨むと、その恨みが影となってBにつきまとうのだ。そして、その影は、

「ほんの少しだけ黄色いのね」

そう言われて、

「俺も見たこと、ある」

「本当に？」

今度は歌子が目を見張る。

「うん」

曖昧《あいまい》に告げたが、心に甦《よみがえ》るものがあった。

それは木崎が自殺をしたころのこと……その少し前、心ない言葉を吐いた直後のような気がしてならない。恒平は高円寺の安アパートに住んでいて、にぎやかな商店街から人通りの少ない細い道を百メートルほどまっすぐに歩くロケーションだった。月を真正面に見ることが多く、夜遅く通ると細い影がくっきりと引く。いつもというわけではないけれど、時折、

——これが俺の影法師か——

足を止めて眺めることがないでもなかった。

それが、ある夜、

――やけに黄色いな――

不気味に感じたことがあった。理由はわからないが確かに目に見えて黄色かった。首を傾げながら商店街に入ると、そこは急に四方から光が射して影は消える。

歌子にこの体験を話し、ちょっとだけ木崎のことを話したような記憶もある。歌子は思いのほか深刻な表情を作って、

「その人の恨みかもしれないわね。黄色い影法師になって、いつまでも追いかけて来るの。怖いわね」

「うん」

「そのあともずーっと？」

「ううん。あのあとアパートを引越して、もう見なかったなあ、黄色い影法師なんか」

あの細道が特別にそういう影を作りやすい光を受けていたにちがいない、と考えたが、歌子は、

「その人が死んじゃったから恨む力が消えたのね、きっと。恨んでる限り、追いかけて来るわ」

非合理を信じているような気配を感じて恒平は身震いをしてしまった。

——この人、こういう人なんだ——

ちょっと不思議なところのある女《ひと》だった。

歌子とつきあっていたのは、恒平がサラリーマンになって三、四年、本社勤務になって知り合い、六、七年くらい仲がよかった。歌子はアルバイトで恒平の係に配属され、二カ月ほどいっしょに働いた。今風に言えば、恋愛未満。そこそこに親しかったが、恒平は、

——どっか煮えきらないんだよなあ——

歌子が二人の仲をどう考えているのか、よくわからなかったし、ほかにも好きな人がいるような感じだった。歌子のほうが二歳年上で、恒平は、

——便利な人だな——

ガールフレンドとして適当につきあうぶんにはわるくなかったが、恒平は仕事が忙しい。言ってみれば中途半端な関係だった。ずるずるとつきあい続けて、煮えきらなかったのはむしろ恒平のほうだったろう。

ある夜、ちょっと気まずいことがあって、突然、歌子が、

「別れてもいいのよ」

しらけた調子で言う。そんなことを言われるのではないかと思っている矢先だった。

「そう。いいけど」

「ね、そうしよ」

「ああ」

セレモニィは簡単だった。歌子は振り返ることもなく去って行って、それが本当の別れとなった。

恒平が新しい女性と……妻の花恵とめぐりあったのは、この前後のこと。前後というのは……英会話を学ぶサークルの一人として花恵と知り合い、歌子とつきあいながら、花恵について、

——いい感じの人だな——

くらいは思っていただろう。そして歌子と別れ、本当に親しくなったのは、そのあとのことだ。

つまり、まごころにおいて歌子に対しやましいことはない、ないと思うが、

——あれでよかったのかな——

別れたあとも歌子のことは、やっぱり気がかりだった。花恵と会わなかったら再会を求めたのではあるまいか。

——どうしているかな——

ずっと消息がないけれど、時折、夢に現われたりする。けっして幸福には過ごしていないみたい……。

恒平は三年に一度くらいのペースで胃カメラを飲む。懇意の医師が、

「大丈夫ですね。お酒は控えめにしてください」

「はい」

人間ドックの結果も良好で、心配は消化器方面だけなのだが、とりあえず胃袋に異常のないことを診断され、

——よし——

と満足したが、この病院の近くに歌子の友人の理佳《りか》が家族ともどもで営む薬屋があり、以前は時折、立ち寄っていた。三人で食事をとったこともある。覚えているのは、食事のすぐあと、

「理佳、どう?」

と歌子が聞いた。

「ちょっと怖い感じだな」

「怖い?」

「彼女、余計なこと、しゃべらないし、しゃべるときは、ちゃんと考えて、はっきり言うし」

「勉強できるのよ。理系だし。でも、根はいい人よ」

「そうらしい」

歌子と別れてしまえば当然理佳とも縁がなくなってしまうのだが、このところ、

――歌子はどうしてるのかな――

なんだか気がかりで、様子を知るとなれば、理佳のところしかなかった。胃カメラが大丈夫となると、その帰り道、

――立ち寄ってみるかな――

表通りから薬屋の中を覗くと、白い上っぱりを着た女の姿が見える。

――老けたな――
七、八年ぶりだろうか。客の姿はない。ドアをくぐり抜け、
「こんにちは」

と笑いかけた。理佳は一瞬戸惑ったが、すぐに、

「あら」

と見すえる。

「病院に用があって、いつもの胃カメラ」

「大丈夫でしたか」

「うん」

「お元気そうね」

「まずまずかな。お久しぶり」

「ええ」

「お変わりなく？」

「はい」

この人は結婚をして、今は子育てにも忙しいのではあるまいか。

「あのう……」

「なにか？」

「歌子さんどうしてるかな」

単刀直入に尋ねた。

「ああ、そのことでいらしたの」

薬を求めて来たのではないと、それはすぐに察したらしい。心なしか厳しい声に聞こえた。

「まあ。ついでもあったし」

白い衣裳は少し考えるように下を向いていたが、顔を上げ、目を凝らし、

「しばらく会ってないけど……」

「うん」

「彼女、しあわせじゃないわ」

「そう……」

「おかしな結婚をして……それはご存じでしょ」

「結婚は聞いた。年賀状で」

「三年くらいで別れて、子どもが一人。ご両親も亡くなって」

「今、どこに住んでいるの？」

「千葉だけど……訪ねて行かないほうがいいと思いますけど」

ほとんど感情を交えずに淡々と言う。以前からこういう口調の人だったが……。

「うん。でも、どうして」

「厭《いや》でしょう、彼女は。あなた、恨まれているわよ」

「どうして？　どっちかと言えば私のほうが振られたんだ」

「ううん、そうじゃない。あなたがはっきりしないから……彼女、プライドの高いとこ、あるから」

「うーん」

納得ずくの別れだと思っていたが……ずっと気がかりなのはどこかにうしろめたさがあるからだろうか。

「あなただけが幸福になって……」

「それはどうかな」

「顔に書いてあるわ。すてきな結婚をして、きっとよいお子さんに恵まれて、仕事も順調で、健康にも問題がないようですし……」

おおむね当たっているが、

――この人に、これを言われる理由はないな――

恒平の細かい近況までわかるはずがない。

「そうばかりとは言えない。いろいろ苦労はあるさ」

「いいの。でも、彼女はそう信じているわ。調べたのかしら。とにかく確信しているわね。で、彼女のほうは、いいこと全然ないんだから。体もボロボロ、それでも働かなきゃいけない。パートタイムかなんかで」

想像がつかないでもないが、それは自己責任の問題……。しかし、ここでそれを言うわけにもいかない。

「そうか。気の毒に」

　呟いてみたが、われながらそらぞらしい。

「黙っていようかと思いましたけど、尋ねられたから、はっきりと……。ごめんなさい。でも、本当のことよ。彼女は恨んでます。近況はどうかと聞かれたら、そう言うより仕方ないの」

　少し笑った。

　ほかの客が入って来る。

「そう。困ったな。恨まれる覚えはないけど……よろしく伝えてください」

　この言葉も虚しい。もともと〝どうしているかな〟などと気にかけてはいけないテーマなのかもしれない。男女の仲は別れてしまえば、もう他人なのだ。

「じゃあ」

　と理佳が体を客に向ける。

「うん。お邪魔した。ありがとう」

　一礼をして、そそくさと店を出た。どう思い返してみても……少しは恨まれることくらいあるのかもしれないが、強く恨まれる理由はない。だが、強く恨まれていることだけは本当らしい。

――聞かなければ、よかった――

しかし、聞いておくべきことなのかもしれない。

拾ったテープは、最後まで聞くと、おかしなことをほざいている。

「……黄色い影法師になって、いつまでも呪ってやる。追いかけるからな」

人の呪いは黄色い影となってつきまとうものなのだろうか。

契約社員に刺された野尻は元気に出社して、以前と少しも変わりがない。

「災難だったな」

廊下で会って声をかけると、

「うーん。忘れてくれ」

「飯でもどう?」

あと十分もすれば正午になる。

「いいよ」

チャーハンを頬張りながらプロ野球のこと、ゴルフのこと、近ごろの若者のこと、月並な話題を並べたてたが、

「コーヒーが飲みたいな」

「うん」

店を替えて、少しうまいコーヒーを飲ませるところへ立ち寄った。

「なんか相談があるのか」

と野尻が聞く。なにかしら恒平の表情に屈託が見え隠れしていたのかもしれない。

「相談ていうほどのものじゃないけど……」

「うん？」

シュガーを一さじ入れてかきまわしながら、

「人の恨みってものは黄色い影になって追いかけて来るんだとさ」

「どういうこと？」

「だれかがだれかを恨んでいる。すると、その恨みがなぜか黄色い影法師になって、恨む相手のあとを追って来る」

「あははは。俺にそんな兆候がなかったかって聞いてるわけ？」

「そうじゃないけど」

「ふん、あるかもしれん。恨みが影法師になって追いかけて来るってのはリアリティがあるよ。俺は気づかなかったけど……あるかもしれん。黄色かどうかはともかく、追って来るとしたら影法師なんかがふさわしいんじゃないのか。あんた、追われてるのか」

「いや、そうじゃないけど」

「しかし、いつ、どこで、だれに恨まれてるかわからん」

「怖いな」

「怖い」

ティータイムの会話はこのあたりで閉じたが、

――歌子が恨んでいるとしたら――

追いかけてくるかもしれない。影法師になって、黄色い影になって……。

――そんなことを話しあったことがあったなあ――

歌子は少し信じているようだったし、当人が信じていれば、ありうることなのかもしれない。

――そんな馬鹿な――

と一笑に付してみても気がかりは残ってしまう。

――公園のベンチにテープを置いたの、歌子じゃあるまいな――

あれは男の声だったけど……。潜在意識が警鐘を鳴らしている……。

案の定、夢を見た。黄色い影法師が追いかけて来る。すると、もう一人、べつな男が現わ

れて、

「いいか。急に明るいところへパッと出るんだ。影法師を出し抜いてやるんだ」

このサジェッションは野尻のようだ。

——そうか——

この先に角がある。あそこは四方から光が注いで影を消してしまう。

——よし——

と決心し、走っていきなり明るい角に飛び出す。「うっ」と困惑する声が聞こえた。しつこく追いかけて来た影法師もいきなり周囲から光を受けて仰天したのだろう。

消えた。

——よかった——

もうついて来ない。

目をさますと、

——そうか。あのときもそうだった——

ずっと前、友人が自殺したとき、黄色い影を見たように思ったが、角を曲がって明るい商店街に出たとたん、消えてしまった。それっきり現われなかった。

——あれがよい対策なんだ——

睡余《すいよ》の意識で馬鹿げたことをまともに考えてしまった。

しかし、今日このごろ、夜道を歩くと影法師がついて来る。追って来る。少し黄色味を帯びている。

──歌子だろうか──

ほかのだれかかもしれない。いつ、どこで、だれに恨まれているかわからない。

さいわい明るい角へ曲がって、

──ざまア見ろ──

うまく出し抜いたぞ。ところが、

──俺はしあわせだなあ──

と思った夜に、また夢を見てしまった。あざ笑うような声が襲ってくる。

「影法師のほうだって馬鹿じゃない。またあんたを捜し出して追いかけて来るさ。今度は明るい角へ曲がったって、騙されないぞ。あははは」

歌子の作り声か、野尻の忠告か、わからない。あのテープの中の声かもしれない。

その通り、うまく撒《ま》いたと思った影法師がまた現われた。執拗に追ってくる。

黄色がさらに濃くなったようだ。

昔のドアを開くとき

東京は東西に細長い版図の都である。金魚が大きな頭を東に向け、長い尾を西へ伸ばしているみたいな形……。だから交通図を見ると、中心部の山手線から左へ走る鉄道が多い。JRの中央線をまん中にして東武線、西武線、京王線、小田急線、井の頭線、田園都市線、みんなこれに倣っている。

南北は道路で行く。すると一つの駅から思いのほか近いところに、ほかの鉄道の駅や踏切りがあったりする。駅前商店街、疎《まば》らな住宅街、また駅前商店街、二つも三つも横切ったりする。慎司が少年であったころには、まちがいなくそんな風景が麦畑の中に点在していた。

高校生から大学生、サラリーマンになって結婚するまで、ずっと慎司は千歳烏山《ちとせからすやま》に住んでいた。これは京王沿線の街。昭和四十年代はまだずいぶんと鄙《ひな》びていた。南へ行くと三、四キロで成城学園に出る。こっちは小田急の沿線。今こそ高級住宅地の名が高いが、昔はところどころに田舎が残っていた。それでも千歳烏山よりはずっと垢抜けていたように思う。

慎司は幼いころに父を亡くし、母一人子一人の生活。母は苦労が多かったろう。千歳烏山に住んだのは、そこにビール会社の独身寮があり、母は寮母を務めながら一角を住居として暮らしていたのである。苦しい状況にもかかわらず明るく、若々しい母だった。

——たいした孝行もしないうちに死んじまって——

でも母と暮らした時期は楽しかった。けっして裕福ではなかったが、青春のまっただ中、友人にも、遊ぶ環境にも恵まれ、たまに成城学園のしゃれたレストランへ母といっしょに行ったりして、最高にうれしかった。


久しぶりに……そう、本当に三十余年ぶりに千歳烏山駅に降りた。

駅が変わっている。駅前がちがう。コンビニエンスストアや四、五階建てのビルもある。しかし、このごろの私鉄沿線の駅前は、どこもみんな似た印象だ。個性のあるところは少ない。


——昔のほうがおもしろかったな——

少し行けば武蔵野の気配が散っていた。森があったり川があったり、青い空の下には銀やんまが飛んでいた。

そんなことを思い出しながら東口を出て南へ向かう。地図を頼りに二度、三度と角を曲がって植木屋を探した。

慎司は還暦を前にして住み慣れた目黒の家を改修し、一部を自分たち年寄夫婦の住まいに

変えることにした。主家には息子夫婦が孫といっしょに住む。いわゆる二世帯住宅。庭の一部にも仕切りを作り、

「植木がほしいわね」

「ああ、外から南側の窓を隠すやつ」

「ええ。少し背の高い樹がいい」

「探してみる」

懇意の花屋に相談すると、

「フェイジョアがいいでしょ」

と知らない樹を勧められ、

「どんな樹？」

「外国産ですけど、幹の下からもっこり繁ります。日射しに強いし、お宅の庭にはいいと思いますよ」

「花、咲くの？」

「ええ。六月ごろかな。白くて、中が赤くて、いい花ですよ。秋には実がなって」

「実が？　食べられるの？」

「いや、食べて食べられんことはないでしょうけど、匂いがいい」

写真を見せられ、わるくない。植木屋を紹介してもらい、品定めのため京王線に揺られて千歳烏山まで足を運んだ、という事情である。周辺は古い東京の郊外地を残して懐かしい。それを確かめるのも今日の目的だったのかもしれない。

植木屋はプレハブの家屋、南側に広い庭がある。その日当たりのよいところに二メートルほどの樹があって、枝には楕円形の葉が厚く群がっていた。

「これです、フェイジョア」

「なるほど」

「評判のいい樹ですよ」

「今、植え替えていいの？」

「今なら大丈夫です」

初めから専門家の勧めに従うつもりだった。

「じゃあ、お願いする。早いうちに」

一度目黒の家の庭を見てもらい、近日中に植えてもらうことにした。値段も手ごろである。

「じゃあ、よろしく」

「承知しました」

用件は簡単にすんだ。植木屋にしてはひどくビジネスライクな男である。細ぶち眼鏡をかけて顔つきまでサラリーマン風だ。造園業者とか、そんな呼び方がふさわしい。

その造園業者のオフィスを出たところで、

——どうするかな——

時刻は四時過ぎ。夕暮れにはまだ充分に時間がある。うららかな春日和で、散策にはふさわしい。考えるまでもなく、

——少し歩いてみるかな——

このところ慎司はウォーキングに凝っている。長年勤めた会社を定年退職して、今は契約社員の身分、週に三日ほど通って社史編纂《へんさん》の仕事を手伝っている。あとは区民センターでパソコン教室の指導を少々。悠々自適と誇るほどではないが、まずは健康の保持がなにより大切だろう。ひまを見つけては歩く。

歩くコースはおおむね決まっている。ざっと六千歩前後、五キロくらいの距離だ。続けてみると、

——おもしろいものだな——

同じ道筋を歩くと、歩数にほとんど差がない。三十歩以内のばらつきしか生じない。

——伊能忠敬だったかなあ——

昔の地図作りは自分の足で歩いて、その歩数で測量をしたんだとか。大ざっぱな話だと思

ったが、案外正確なのかもしれない。

――よし、今日はこのあたりを歩いて――

と新しいコースを選んだ。

少し行くと、

――確かこのあたりだったよなあ――

小さな池があり、小深い繁みが、以前にはあった。今はあとかたもない。池は埋められてしまったのだろうか。繁みは資材置き場に変わったのだろうか。それとも慎司の記憶ちがいかも……。

――あれはもっと学校の近くだったかな――

その可能性も皆無とは言えない。

鮮明に覚えているのは、その繁みで蛇を探したこと……。

「ヒゲタが蛇を捕って来いってサ」

と旧友の声が耳の奥に聞こえる。

ヒゲタは美術の教師だ。正しくは繁田だったが、ちょび髭をはやしているので、生徒たちのあいだではつねにヒゲタだった。

「どうするんだ。あいつ、食うのか」

「ちゃう、ちゃう。作品制作だとサ。持って来たやつには5くれるって」

「本当かよ。なに造るんだ？」

「ボーン・アート」

「なんのこっちゃ」

高校二年の夏だったろう。

「骨の美術よ。殺して苛性ソーダの濃い液につけておく。肉がみんな落ちたところで骨だけ抜いて、洗って乾かす。あと白いエナメル塗って……ヒゲタの家には蛙とか、鼠とか、標本みたくに飾ってあるんだと」

「へーえ。変態だな」

仲間と三人で繁みを叩いてまわったが、見つからなかった。

「蛇は太い骨から細い骨まで順番に並んでて、きれいなんだとサ」

そんなアートが実際にあって、鹿とか、蜥蜴《とかげ》とか、みごとな作品になることを慎司が知ったのは、もっとずっとあとのことだったろう。千歳烏山では時折蛇の姿を見ないでもなかった。魚釣りに行くと、ギャーッという鳴き声が聞こえ、あれは蛙が蛇に襲われて叫ぶのだ。

——まだ自然が残っていたから、おもしろかったなあ——

今は小さな自然だけ、あるいは人工の自然ばかりだ。それでも、ところどころに知った道がある。知った道というより知った方角といったほうがいいのかもしれない。道そのものには……道を挟む風景にはほとんどなんの記憶もないけれど、

——この方角に行けば——

と一通りの見当はつく。それが当たっていたり、外れていたり……わけもなくうれしい。

——この先は……小田急線にぶつかるはず——

畑地がなくなり、住宅が目立つ。瀟洒《しょうしゃ》な家がチラホラ。太陽が低くなり、路地を抜ける斜光がオレンジを帯びている。街の様子が角ごとに変わる。

——この先に成城学園前の駅があるんだ——

道の気配がそう伝えている。古い門構えの病院があって、

——待てよ、ここ、知ってるみたい——

一度来たような気がするのだが、

——いつのことだろう——

千歳烏山にいたころは病院になんか行かなかった。ちょっとした病気くらい薬屋の薬で治していた。

——でも——

来た。来た、と思う。だが、

——本当にここだったろうか——

似たようなほかのところ……。どうもよく思い出せない。ずっと小さいころ。母といっしょに来て……。

——五年生のときか——

千歳烏山にいたときとはちがう。クラスに憧れの女の子がいた。いいところの娘で、すてきな家に住んでいるんだとか。その家を見たわけではないが、

——こんな家かな——

成城学園の住宅を見ていると幼い日の記憶がうっすらと甦《よみがえ》る。

ところどころに建築雑誌のグラビアから抜け出たような洋風建築があり、塀も植木も美しい。が、急に人通りが途絶え、まるで時間が止まってしまったみたい……。振り返って見たが、どこにも動くものがない。郊外の街には、時折こんな一瞬があるのかもしれない。

そう思ったとき、うしろでチリン、自転車のベルが鳴った。なんだか懐かしい、古いベルの音のように聞こえた。

少女が水色の自転車を漕いで来る。慎司に近づき、追い越しざまに笑った。笑ったように見えた。まるで見知った人みたいに……。まったくの話、慎司は、

——顔見知りかな——

と、うしろ姿を目で追って見たが、水色の自転車に乗る少女について思い浮かぶものはなにもない。むこうは振り返りもしない。知った人ではあるまい。このあたりで顔見知りに会うはずがない。

——憧れの少女の幻影かな——

馬鹿なことを考えてしまう。

角のむこうにしゃれた店構えが見え、近づくとベーカリーらしい。もちろんここには人影が散っている。大きな店で、半分がパンを売り、半分がティールームになっているようだ。ガラス窓が大きく、とてもモダンな設計。

——一休みするか——

ティールームに入ると、ここも広く、中ほどにガラス張りの仕切りがあって、

——へえー、すごいな——

むこう半分は図書室……。インテリアから察して少年少女のためのラウンジになっているらしい。入口には〝大人はご遠慮ください〟と貼ってある。本棚には子ども向けの本が並んでいて、一見して、

——古い本——

だれか年輩者が寄贈し、顧客サービスに供しているのだろう。店主のコレクションかもし

れない。おしゃれな街にふさわしい。慎司はガラスの仕切りに沿って、つまり子どもたちの部屋が覗ける位置に腰をおろした。少し離れた窓際に母子連れが一組いるだけ。子どもといっしょなら大人も中へ入っていいらしい。

「いらっしゃいませ」

ウェイトレスが注文を取りに来る。

「コーヒーを」

「ブレンドですか」

「えーと、アメリカンがいいかな」

「はい」

店内はコーヒーの香りが濃い。古いブラジル・コーヒーの匂い、かな。よろずクラシックを好む店なのかもしれない。かすかに流れる音楽も、なにとはわからないが昨今のイージー・リスニングではない。きっとだれかの名曲だろう。

——おもしろい構造だな——

街の構造が……。さっき千歳烏山の駅から植木屋までは、角を曲がるたびに鄙びた様子に変わった。そして、どの角にもどの坂にも記憶があった。ここで転んだ、ここで千円札を拾った、ここでいつも会う美少女がいた……。甦るものがあった。

――さもあろう――

多感な十数年を過ごした土地なのだから。それに比べると成城学園には記憶が薄い。ただ角を曲がるたびににぎやかになる。あらためて歩いてみると、さっきとちがってここは垢抜けている。京王沿線と小田急沿線と、距離はそう遠くないはずなのに慎司の印象は相当に異なる。知った町、知らない町、むこうは私鉄沿線のありふれた街、こっちはすてきな住宅街。徐々に高級な商店街。それだけではない。運ばれてきたコーヒーをすすっていると、

――変だな――

おぼろな意識が脳裏に蠢《うごめ》いている。人影を感じて首をまわすと、すぐ近くに、ガラス張りのすぐむこうに、

――いつ来たのかな――

少女が一人で坐って本を読んでいた。ところどころに挿し絵がある。少女がページをめくったとたん、

――えっ、この本――

見たことがある。

急に記憶が甦った。遠い日の意識が心にのぼってくる。

少女の目の前にはページの半分を占めて大きな岩山が描いてある。日本の風景ではないみ

たい。砂漠の中に豪然と立つ茶色い岩山。遠く地平線を行く駱駝《らくだ》の列。

――そう。『アラビアン・ナイト』だ――

挿し絵の脇には「開け、ごま」と書いてあるはずだ。

――どうしてこんな昔の本が、ここに――

さほど傷んでもいない。少女は熱心に読んでいる。慎司もガラス越しに見入った。おそらくこの絵本に筆を揮《ふる》った画家は卓越した技量の持ち主だったにちがいない。少なくとも子どもに確かな夢を描かせることにおいて彼はおおいに優れていた。すごい。絵はまちがいなく生きている。昔そう感じ、今もすばらしい。「開け、ごま」の声もろとも本当に岩山の一部が動きだすのではあるまいか。

挿し絵のすばらしさとはべつに、

――そうなんだ――

慎司はずっと昔、この本を見た。それは……さっき途中の病院の門の前で〝ここ、知ってるみたい〟と思ったけれど、多分あのときのだろう。

――まちがいない――

おぼろな感覚ながら遠い日のくさぐさが断片的に戻ってくる。まったくの話、人間の記憶とは不可思議なものだ。それともこれは、

――俺だけのことなのかな――

その懸念がないでもない。

千歳烏山にいたころの記憶はとても鮮明で、次々に思い出したけれど、それ以前のことは……とりわけ病院に行ったときのことなんか曖昧《あいまい》で、なにかに覆われてるみたい。

だが……雲が次第に薄くなるように、その覆いが薄れていく。あれは……だれかが病気にかかり、母が病院へ薬を取りに行くよう頼まれたが、あいにく急用が生じてしまった。

「慎ちゃん、お願い、いっしょに行って」

と頼まれ、

「うん」

病院へ母といっしょに行き、

「この番号札を持ってて、呼ばれたらお薬をいただくの。お金も置いてくから、ね。あと、ここで待ってて。お母さん大急ぎで戻って来るから」

それが病院の待合室で少年に託された仕事だった。

「うん」

母を助けるのは、うれしい。母はなにかしらせっぱ詰まっているようだった。

少し心細かったけれど役目は無事に果したはずだ。でも母は、あとになって話しても、

「そんなこと、あったかしら」

忘れちゃったらしい。そのせいもあってか出来事そのものが慎司の記憶の片隅に沈んでしまった。ほとんど思い出さなかったし、それがどこの病院かもすっかり忘れていた。それが急に甦ってきたのだ。あのころの日々の様子やこまごました感覚などもいっしょに引き連れて……。

その記憶は、まず初めに『アラビアン・ナイト』だ。少女が今、ガラスのむこうで見ている本だ。病院の待合室に何冊か本があって、慎司も昔その中の一冊を手に取ったはずだ。挿し絵を見ると今にも岩山が動きだし穴を開けそうだった。もう少しページが進むと、

――大きな壺が並んでいるはずだ――

アラビア風の衣裳の女が壺の口に耳を傾けている。すると壺の中から、

「おかしら、まだですか」

「もう少し待って」

壺の中には盗賊が隠れている。そう、〈アリババと四十人の盗賊〉だ。

――早く、どんどんページをめくってくれればいいのだが――

そばに行って願うわけにもいくまい。慎司が覚えている絵はそう多くはない。見れば思い出すかもしれないけれど……。一瞬、

――いかん――

狼狽が走った。

この狼狽は絵本を、昔見たものと同じと気づいたときから……つまりほんの少し前から慎司の心に宿っていたのかもしれないが、はっきりしなかったし、微妙な戸惑いがあって無意識のうちに抑えていたのかもしれない。脳味噌のどこかからポロンと狼狽がこぼれて現われたのだ。

――もっとページが進むと、よくない絵が出てくる――

そう予測しながらよそごとを考えた。よそごとではないのかもしれない。おおいに関係があるみたい……。

つい先日、家の近くで文化講演会が催され、テーマは〝読書の楽しさ〟だった。講師が楽しそうに話していた。

「昔、読んだ本にめぐりあうと、すごいんですよね。ストーリーを思い出して楽しむだけじゃなく、そのころの自分が甦ってくるんですよ。どんな家に住んでいて、家族がどんな雰囲気で、部屋に射し込んでくる光まで思い出してしまう。もう一回、そのころを生きるような気がして、すばらしいんですよ。昔、愛読して、そのまま何十年も見なかったような本、これがいいんですね。皆さんも思い出してください。すごくいいんですよ。これも読書の楽しさの一つです」

慎司は聞いて、あのときは、

――そんなこともあるかもしれんな――

と思っただけだったが、今まさにその通りのことが起きているらしい。

『アラビアン・ナイト』の懐かしい挿し絵を覗くうちに、微妙なものが脳裏に浮かんでくる。ほとんど忘れかけていたこと、小学生のころのこと、とりわけあの病院の待合室……。

ガラス張りのむこうで少女がページをめくると、知った絵もあるが、知らない絵も多い。

狼狽を覚えたのはストーリーが〈アリババと四十人の盗賊〉から次の次くらい移って、

――なんというタイトルか――

それは覚えていないけれど、とにかく主人公は、たった一人で奇妙な屋敷に留め置かれている。屋敷にはたくさんの部屋があり、ドアが閉じられているのだが、

「一日に一つだけ開けて、楽しみなさい」

そう彼は命じられていた。

山海の珍味の並ぶ部屋があったり、美しい花がいっぱい咲いている部屋があったりするのだが、その一つ、ある日、ドアを開くと、女が裸の尻を向けて、ブッとおならを放つのだ。

「これは、いかん」と思ってドアを閉じるが、やっぱり気になるので、また開ける。ブッ、

また閉じる。また開ける……。こうしているうちに一日を終えてしまうのだが、その絵が少年の心を、どうしようもないほど強く捉えた。胸が怪しく高鳴って、困惑した。だから、

――見るまい――

と思って本を閉じたが、また開いてしまう。そして閉じる。また開く。

そのわりには絵柄を正確には覚えていない。覚えてはいけないと自制したせいかもしれない。

ふつふつと、あのころの心情が甦る。クラスに憧れの少女がいて……色黒で、眼が大きくて、活発な子だったが、わけもなく好きだった。が、話したことすらない。ただ一方的にひたすら気に入って見つめているだけだ。彼女は成績もいい。だから慎司は勝手に誇らしく思っていたのだが……つまりりっぱである彼女を敬していたのだが、なんたることか、一瞬、彼女の裸のお尻が浮かんでしまったのだ。ひどい冒瀆《ぼうとく》。われながら、

――許せない――

でも、どうしても敬愛といっしょに淫《みだ》らなイメージが浮かんでしまう。いとおしいと思えば思うほど淫らさが強くなる。淫靡《いんび》に胸を高鳴らせてからあわててかき消すが、また浮かんでしまう。

――母の裸体を覗き見たのも、あのころだったな――

二つのイメージが入り乱れて一層戸惑いが深くなる。

あのころの心理が今、断片的に……本当に久しぶりに脳裏に返ってくる。文化講演会の講師が言った通り〝そのころの自分が甦ってくる〟のだ。

ガラス張りのむこうの少女も、

――今に、あのページを見るはずだ――

それがつらいのか、待ち遠しいのか、怖いのか……よくわからない。だから狼狽を覚えたのだろう。

――しかし……なあ――

子どもの本に、そんな猥雑《わいざつ》な挿し絵があるだろうか。記憶ちがいではあるまいか。この本とはべつな本ではないのか。

――いや、そんなことはない――

見たことは確かに見た。この本で見た。ただ挿し絵の意図は読者の笑いを誘うこと、ドアの中の状況は、そう、おかしいと言えば充分におかしい。

しかし少年はそこに紛れもないエロスを感じてしまったのだろう。だからこそ脳味噌は恥じて忘却を企てたのかもしれない。

――どんな絵なんだ――

ぜひとも再会したい。

が、少女は開かない。ページを閉じて、すいと立つ。母親らしい女が迎えに来たようだ。少女は本を片手に抱いて、小走りに出入口のほうへ走る。外へ出て行く。

——彼女自身の本なんだ——

ベーカリーの本ではなく……図書室で席を借りて眺めていたのだ。慎司は待つともなく少女が読書をやめ、本を本棚に返すのを期待していたらしい。

——まいったなあ——

今度、あの本にめぐりあうのはいつのことだろう。一生ありえないかもしれない。探し出そうにも本の正確なタイトルも出版社も知らないのだ。

——やっぱり確かめておくべきだったかなあ——

さりげなく少女に近づいて行って……。大人が入ってはいけないラウンジではあったけれど……。

コーヒーの残りをすすった。遠い日の少女、ガラス張りのむこうにいた少女、

——ここに来るとき自転車に乗った少女にも会ったなあ——

潜在意識がつながっているみたい。そんな気がする。今にして思えば、五十年も昔、あの奇妙な挿し絵を見たとき、

——あれが俺にとって性に目ざめるときだったんだなあ——

しみじみと思う。

あれからいく年月、あんなこと、こんなこと、女性との関わりはいくつかあった。目ざめるときがあれば終えるときもある。もうその終着もすぐそこだ。

ベーカリーを出た。

知らない道を成城学園前の駅まで歩いた。一歩一歩、確かに、確かに、遠い日の自分が甦ってくる。

〝どんな家に住んでいて、家族がどんな雰囲気で、部屋に射し込んでくる光まで思い出してしまう〟のだ。

とりわけ母のこと。

母は四十代。明るくて、若々しくて、隠されたエロスが息子にもかいま見えたのかもしれない。

——母は恋をしていたんだ——

忽然《こつぜん》と、とても確かなこととして胸に弾けた。あのころの日々にそれが見え隠れしていた。

相手は重い病気に臥《ふ》せていて……おそらくその後間もなく他界したのではあるまいか。母は、あの日その男のために薬を取りに行く必要があったのだ。なのに、のっ引きならない急用が生じ、その仕事を小学生に頼らなければならなかったのだ。

だから慎司が「病院に薬を取りに行ったとき」と問いかけても、母は「そんなこと、あったかしら」と韜晦《とうかい》を装ったのだ。だれにも覚《さと》られてはならない秘密の恋だったろう。

思い出すと、見えないものが見えてくる。病院の待合室に射し込む光まで見えてくるようだ。その光の中に、

「待った？　ありがとう」

母が笑顔で帰って来たのだった。

――あの笑顔はなんだったのか――

本当に笑顔だったのかどうか……わからない。ただ周囲を充たしていた二人の心理だけがかすかに感じられてならない。あのあと母が悲しく、暗く変わったのはなぜだったろう。

――一冊の本がもたらしてくれたもの――

脳味噌の奥に埋まっていたものが、どうやら今ふっと湧き出て来たらしい。無意識のうちで考え、隠しておいたことなのかもしれない。それにしても、

――あれはどんな絵だったのかなあ――

ドアを開けた瞬間の風景は……。

――案外つまらない絵だったのかもしれない――

しかし画家の技量は砂漠の岩山がすぐにも動きだすような、そんなみごとさをはらんでいたではないか。同じ画家が、つまらない絵をそえるはずがない。

想像をめぐらす。

状況を考えれば、充分にエロチックであってよい絵柄である。それを上品に、子どもの笑いを誘うように描いていたのかもしれない。慎司としては、このまま、もう一生、

——見ないほうがいいのかも——

多分見ないだろうし、そのほうが過去への思案が深くなる。よい思い出となる。

知らない駅が近い。成城学園前の駅舎は夕映えを受けて赤く映え、少しずつ翳《かげ》の中に落ちていく。

バランス・シートをどうぞ

「いじめ対策に国の予算なんかつけて、本当になくなるのかしら」

妻の寛子がテレビをはすかいに見ながら呟く。日溜《ひだま》りで猫を抱いている。

「うん。まあな」

周治は爪を切り終え、

——ゼロよりはましだろうな——

そう思いながらも抗《あらが》わない。

「あれって必要悪みたいなところもあるでしょ」

「いじめが?」

「ええ。許すわけじゃないけど、集団生活に入れば多かれ少なかれ、あることよ。子どもが学校へ入って、そういう仕打ちにどう対処するか、耐えたり、かわしたり、それも学校教育の一部なのよねえー」

寛子には短いながら教師の経験がある。

「先生がそれを言っちゃ、まずいよ。耐えられる子はいいけど」

「そう。弱い子がいじめられるのが困るの。それが最悪。運動能力のある子は初めからいじめられないし、頭のいい子も立ち直れるわ。家庭のしっかりしている子も、わりと大丈夫なの。弱者がいじめられると、最悪の悲劇になりやすいのね」

「まあ、いろいろだろうけど」

「うちは二人とも、ラッキーだったわね」

一男一女の親である。息子は社会人、娘は大学生、学校のいじめからは遠のいている。

「二人とも関係なかったのかな。親には黙ってるもんだろ」

「なかったわね。私、注意してたし、大きくなってからも当人たちに確かめたわ」

「うん」

「あなた、どうだった？　私はいじめられなかったわ」

「いじめるほうは？」

「まさか。いじめもしないし、いじめられもしなかった」

「俺も、まあ、そうかな」

軽く答えた。

「わが家は四人とも大丈夫だったわけね。このあいだテレビで言ってたけど、十人のうち六人は長い学校生活の中でいじめに関係するんですって」

「そんなもんかな」

「十人のうち四人が関係ないとすると、わが家の四人がみんな関係ない確率は、えーと、十の四乗分の、四の四乗」

寛子は数学が専門だった。

「また始まった」

「一万分の、二百五十六ね。二・六パーセントくらい」

インドの子どもは二桁の掛け算が暗算でできるというが、寛子はさすがに速い。

「運がよかったんだよ」

「そういうことね」

テレビのニュース番組は終わり、寛子もキッチンの後かたづけにかかる。周治は新聞を開いて今年のプロ野球展望に目を移した。

――ジャイアンツはどうかな――

しかし、思案はすぐに変わって、

――あれは、なんだったのかなあ――

年来の疑問が首を持ち上げる。寛子には「関係なかった」と告げたけれど、小学生のときには充分にいじめられた。西川というワルがいて、しつこくつけ狙われた。なぐられる、すごまれる、金品を要求される、人のいないところでズボンもパンツも奪われたのはとても屈辱的だった。あのまま続いていたら致命的な出来事が待っていたかもしれない。

それを見ている人がいた。

女の人、三十歳くらい。

——お母さんと同じくらい——

と、これはあとで考えたことだ。その人がどこでどういじめの現場を見ていたのか、それもわからない。

——きっと見てたんだ——

と、これも、あとになって気づいたことだった。

周治がなんとかいじめを振り切って駆けるように家へ帰る途中、

「ちょっと」

と声をかけられた。足を止めると、じっと見つめている。優しい笑顔だった。

「大変ね」

どう答えていいかわからない。むしろ恥ずかしい。ひとこと、ふたこと、優しい言葉をかけられたような気がするけれど、それは覚えていない。

——この人、なんなんだろう——

と子ども心にも訝《いぶか》ったとき、

「あのね、おばさんは、あなたに借りがあるの。わかる？　あなたになにかお返しをしてあげなきゃ、いけないの。だから……つらいんでしょ。あの子が消えてくれればいいんでしょ」

言葉まで正確にはたどれないけれど、言われたことはわかった。それから親切に説得されて、周治は、

「うん」

と、よくわからないまま頷《うなず》いたはずだ。

——西川が消えてくれればいいな——

そう思ってコクンと頷いたことだけは確かだった。おばさんは手を振りながら去って行ったが、数日後、本当に西川が消えたのだ。死んだのだ。自動車に撥ねられて……。

——あのおばさんだ——

と思った。

そう思って体が震えた。

——僕は犯人にならないのだろうか——

取調べくらい受けるかもしれない。共犯者にされるかもしれない。何日かを戦々兢々《せんせんきょうきょう》とし

て過ごしたが、轢《ひ》き逃げの犯人は見つからない。ずっと見つからなかった。子どものことだから情報は限られていただろうけれど、とにかくなにごとも起こらず、いじめはなくなり、

——あれはなんだったのかな——

疑問だけが残った。

だれにも話せない。話したら、えらいことになりそう……。もちろん、

——ただの偶然——

その判断はあった。おばさんは周治がいじめられているのを見て慰めてくれたのかもしれない。力になってやりたいと、そう思ったにちがいない。優しい大人なら、ありうることだろう。

——でも、なあ——

不思議なことを言っていた。「あなたに借りがあるの」と……。たとえば、前に恩を受けて、それを返さなければいけない情況、昔話なんかにもよくあるじゃないか。それと同じことが起きたのかもしれない、と考えたが、

——なんか、あったかなあ——

だれかに恩を与えたことが。どう考えても思い当たることがなにもない。ちょっとしたことなら……ううん、正直なところ、それさえ思い浮かばなかったけれど、人ひとりを消して

もらうほどのことなんか、とんと思いつかない。

そのうちに周治も成長する。

——やっぱり偶然の一致だな——

おばさんがなにかしてくれようと思ったのは本当だとしても、それと西川が車に撥ねられたのは、

——関係ないな——

それがおおよその結論だった。

十八歳になって、確か誕生日だったと思うのだが、両親から思いがけないことを聞かされた。

「いずれわかることだから言っておくけど、私、あなたの本当のお母さんじゃないの」

母に言われ驚いた。かたわらで父がほほえんでいた。二人はこの日を期して話そうと決めていたのだろう。

実母は周治を産んで間もなく、実家のほうに理由があって帰ってしまったのだとか。

「ふーん」

驚いたけれど、ショックは小さかった。目の前の母は充分に優しかったし、うち明けられ

てなにかが変わるという情況ではなかった。

——そうだったのか——

むしろ継母なのに、それを気づかせないほど深い心配りで育ててくれたことに、

——やっぱり感謝すべきなんだろうな——

と、十八歳の周治はそのくらいの分別を備えていた。

が、それよりもなによりも、そうとわかってみると、

——あの、おばさん——

あらためて昔の出来事が心に甦《よみがえ》ってくる。実母がその後どうしているか、母はもちろんのこと父も知らないのではあるまいか。しかし実母のほうは、やっぱり産み残したわが子に心残りがあるだろう。あっても不思議はない。つきとめてみれば、ひどいいじめに遭っている。なんとかしてあげたい……。「あなたに借りがあるの」という言葉は、この情況にふさわしい。

——推理小説みたいだなあ——

もし轢き逃げまで実行したとすれば、それはまさしく推理小説のような事件だろうけれど、やっぱり信じられない。あそこに実母が現われたところまでは、

——きっと、そう——

推測することができる。しかし、その後、実母はどうしたのか。あのとき姿を見せたきり、実母も消えてしまったのだろうか。もう二度と現われることはないのだろうか。

とはいえ、この思案はなおさら両親には話しにくい。

そのまま二十数年が経過し、父も母も他界してしまった。もう実母のことを語れる人はいない。

ただ、いじめが話題になるたびに、あるいはなにかの折にヒョイと、

――あれは、なんだったのかなあ――

少しずつ薄くなってはいたけれど、年来の疑念が周治の心にのぼってくる。少なくとも、

――わが家で、いじめ関係率二・六パーセントってことはないな――

一人が減って、じゃあどのくらいの確率になるのか、この計算は、周治の実践するところではない。

ところが、もう一つ、ほぼ一年ほど前のことだが、

――あれは、なんだったのかなあ――

わからないことがまた起きてしまった。

新年のほろ酔い気分が消え、

――よし、今年も頑張るぞ――

休日には必ず一時間ほどウォーキングをやって足腰を鍛えることにしている。歩くのはいつも家の近くの神田川にそって。コースの途中に、ベンチ型の運動器具が備えてあって、そこで屈伸運動をおこなう。一休みをする。

腰をおろしていると、若い女性が、二十歳くらいの娘が、急ぎ足で近づいて来て、

「これ、読んでください」

封筒をさし出す。

「えっ？　なんで?」

まさかラブレターじゃあるまいし。

「読んでください」

手渡して、そのまままた急ぎ足で去って行った。

あっけに取られ、とりあえず、

――なんだろう――

開いて読んでみた。

――おい、おい、おい――

ショックを受けた。

〝私はあなたに貸しがあります。借りを返してください。男の人を一人消してください。その男は新宿のPKビルにいます。階段の二階から三階へ行く踊り場に行けば会えます。今年一年のうちに、必ず〟

PKビルの地図がそえてあった。

四十年前には「借りがある」と言われた。そして現実に人が一人消えた。今度は「貸しがある」と言う。そのうえで「男を一人消してほしい」と言っている。

――ただの悪戯《いたずら》だ――

第一感では、そう思った。それが正しいだろう、多分……。

しかし、それとはべつに、

――なにか借りがあったかなあ――

これまでの人生において、かなり大きな借りでなければ計算が合うまい。あれこれと思案をめぐらしてみた。

――岩井さんはどうしてるかなあ――

別れた女性を思い出した。岩井静香。高校の同級生、初恋の人……。風の便りでは彼女はあまり幸福に暮らしてはいないらしい。だけど、

――あれは俺のほうが振られたんだぞ――

いっときは親しい仲だったが、些細なことでこじれてしまった。静香はなにを考えていたのか。もっとしつこく追い求めて彼女の幸福を実現してやるべきであったのかもしれないけれど、あのときの事情を考えれば、周治のほうに大きな咎《とが》があったとは考えにくい。少しくらい恨まれることがあったにせよ〝貸しがある〟と言われる筋合いではあるまい。

——あの娘《こ》が俺の娘だったりして——

と、手紙を渡した娘を思い返したが、

——あははは——

静香とは肉体関係がなかったのだから子どもが生まれるはずがない。

もちろん仕事がらみの人間関係にも思いを馳《は》せてみた。部下につらく当たったことはなかったろうか。商売で阿漕《あこぎ》なことをやらなかっただろうか。

——思い当たらんなあ——

もちろんこの世のことは加害者と被害者で判断が異なる。加害者のほうは「たいしたことじゃないだろ」と思っていても被害者にとって大きな痛手となったり、精神的にうちのめされたりするケースは充分にありうる。一つ一つ、関係のありそうなことをたどってみては、

——この道はいつか来た道——

貸し方と借り方と、立場は逆になっているけれど、似たようなことを以前にも考えている。

——因果なことだよなあ——

今度もなにかの偶然が絡んでいると考えたが、手紙にＰＫビルの地図がそえてあるのが気がかりだ。そこへ行けば消すべき相手がわかるというのだ。

——どういうことだろう——

関わるとろくなことがない、という判断もあったが、やっぱり気になる。放ってはおけない。

とにかくどんなビルか、本当に地図の位置に建っているのか。それくらいは確かめておきたい。

たまたま所用で新宿へ行く機会があり、仕事をすましたあと、

——行ってみるか——

足を向けた。ＰＫビルは新宿駅の東口からそう遠いところではないようだ。そのビルの階段の、二階から三階へ行く踊り場……。踊り場というのがよくわからない。なにか企みがあるとしても、四六時中、そんなところで訪ねて来る人を待っているわけにもいくまい。

——とにかく階段を見てみよう——

そっと様子をうかがってみても支障の生ずる可能性は乏しい。

――あった――

地図通りの位置にＰＫビルはあった。瀟洒《しょうしゃ》な、明るい感じのオフィス・ビルである。悪巧みを予感するのがむしろむつかしい。

ドアを押して中へ入った。

ロビーの右手に階段がある。サラリーマンらしい男女が疎《まば》らに行き来している。周囲を見まわしながら、ゆっくりと階段を踏んだ。

二階まで上り、上をうかがった。踊り場はほんの四、五メートル先だ。どことといって変わった様子はない。だれかが……たとえば、そこに椅子を置いて坐っている人がいるような情況を想像して来たのだが、そんなこともなさそうだ。

三つ、四つ、階段を踏めば、すぐに踊り場が見える。

――えっ、人が――

と一瞬思った。背広姿の男が立っている、と……。

が、すぐにわかった。

踊り場の右手奥の壁に大きな鏡が張ってある。そこに周治自身の全身が映っていた。

――なるほどね――

いつ、だれが来ても〝その人に会える〟はずだ。

周治はもう一度入念に階段の上を、下を探ってみた。オフィスの上っぱりをまとった女性が書類をめくりながら三階へ上って行く。周治のいることなど、まったく気にもかけていない。

ほかにはもうだれも来ない。上る人も、下りる人も。周治はあらためてキッカリと鏡の前に立って背広姿を映してみた。胸を張り、笑いかけてみた。

どうということもない。珍しく今日はセパレーツを着ている。ジャケットが紺、ズボンがグレイ。臙脂《えんじ》色のネクタイは妻のプレゼントだ。

可もなく不可もなし。平凡なサラリーマンが立っている。

――少し老けたかな――

われながらそう感ずる。しかし、まだ死ぬ年ではあるまい。少なくとも死ぬような気はしない。やがて五十歳になるが、おおむね順調な、平凡な人生だった。大病もない。

――しかし、これからはわからんぞ――

また一人、今度は若い男性が駆け上って来た。周治は鏡の前を離れた。いいおっさんが鏡の前でにたついていたら、変に思われる。男はチラッと周治を見たが、そのまま足を弛《ゆる》めずに去って行く。

――関係ないな――

あのヘンテコな手紙とは……。

手紙は多分悪戯だろう。十中八、九、この推測にまちがいはあるまい。

とはいえＰＫビルの踊り場に鏡が張ってあることには、なにほどかの現実性がある。階段をてっぺんまで上ってみたが、鏡のあるのは一カ所だけ、手紙の差出し人は、少なくともこのことは知っていたはずだ。そして、そこへ周治を誘導したのだ。〝私はあなたに貸しがあります。借りを返してください。男の人を一人消してください。その男は新宿のＰＫビルにいます。階段の二階から三階へ行く踊り場に行けば会えます〟と几帳面な筆跡で、真面目さを感じさせる筆遣いで綴ってあった。そこに鏡があるとなると文面の意味するものは充分に推測できる。〝あなた自身がいます。それを消してください〟ということだろう。悪戯だとしても気分はよくない。

――自殺の勧めか――

そう考えるのが順当だろう。加えて〝今年一年のうちに、必ず〟とあった。猶予期間をほぼ一年と限定しているのだ。

鏡を見るまでは、だれかにひどい仕打ちをやったことばかりを考え、その延長線上で、

――だれを消せって言うんだ――

と、見えない相手にも漠然と想像を広げていた。だが、その対象が自分自身であり、自殺

の示唆らしいとわかれば思案の構図は単純化する。まっすぐに、

——だれかが俺の自殺を望んでいる——

となる。やっぱり悪戯だろう。

そう思いながらも、空想の黒い遊びとしてあれこれ考えないでもなかった。なにかの拍子に、

——そう言えば、あのこと——

なにかまずいことに遭遇するたびに手紙の文面が頭の片隅をよぎるのを感じ、

——気にすること、ないんだよなあ——

あわてて消去した。妻にうち明けるほどのことではあるまい。おかしな誤解を招くかもしれない。

去年の春、定年を直前にした先輩と酒を飲み、雑談を交わすうちに、

「俺、会社に入って三十七年間、貸しは作ったけど借りは作らなかったな、だれに対しても。帳尻は黒字だよ」

先輩はおおむね経理畑を歩いた人である。

「いいですね」

と周治は告げてから、

「そう断言できて」

と、つけ加えた。

どちらを向いても借りがないというのは生き方として快い。サラリーマンとしてすばらしい。「いいですね」は当然だ。が、それは当人だけが自負していることかもしれない。だからむしろそう断言できることが「いいですね」なのである。ただの能天気というケースもあろうけれど、この先輩は、

──まあ、大丈夫だろうな──

バランス・シートは黒字。冷静に自分の半生を顧みて述懐しているのだろう。

「うん。まあ、断言できるな。君はどうかね?」

「おおむね大丈夫とは思いますけど、これぱかりは自分で気づかないことがあったりして」

おそらく先輩より周治のほうが、この貸借関係についてはすでに熟考しているだろう。

「俺の見たところ、君は大丈夫だな。職場じゃ、そうだ。女性関係なんかはわからんけど」

「そりゃ、ないでしょう。こっちが恨む相手はいても、借りを作るような悪いこと、してませんから」

「俺の友だちで、なんの関係もないのに女の子に自殺されちまって。遺書に〝彼のこと、好

きでした〟なんて書いてあるもんだから、まわりの目は〝なんか悪いこと、したんだろ〟ってことになってな。〝死体を一つ背負わされたみたいで困る〟って、こぼしていた」

周治はちょっと考えてみたが、

「そんな人も、ありません、私は」

「ま、おたがいに余生は気をつけよう」

「はい」

連想が広がる。自殺をして、だれかに死体を一つ背負わせる必要が、

——俺にあるかな——

先輩と別れた帰り道に考えたが、あろうはずもなかった。


春の日射しがうららかさを増すころになって、

「じゃあ、お願いします」

日曜の朝、寛子が寝ている周治に声をかけて出て行く。友人たちとピクニックだ、とか。

寝返りを打って、もう一寝入り。十時過ぎに起き、トーストを頬張りながら、

——行ってみるかな——

ばからしい計画を実行に移した。岩井静香の家の近くまで行ってみること……。静香とは

高校の同級生だから、五年前に送られてきた名簿に住所が載っている。苗字は土田と変わっていたけれど、世田谷区に住んでいるはずだ。

地図で調べた。小田急線に乗って梅ヶ丘で降りた。駅前の商店街を歩いて大通りの信号を渡った。

静香は時折夢に現われる。

——今さら、なんで——

別れたばかりのころはともかく、年月がたってしまえば未練などあろうはずもないのだが、強いて言えば周治にとって、

——あれは華やかな季節だったな——

恋と言えるほどのものは、あのときしか味わっていない。妻の寛子とは知人の紹介で知りあい、限りなく見合いに近い結婚だった。

夢の中の静香は、いつも恨みがましい。周治に対して「あなたが強く引き止めてくれなかったからよ」と詰《なじ》っている。かすかな噂は彼女の不幸を匂わせている。

——夢は嘘つきだからな——

夢は心にもないことを深刻に映し出したりする。まことしやかだが、信ずるに足りない。

——このマンションか——

住所にはマンションの名前まで記してあるから簡単につきとめることができた。

——三階の二号室——

しかし、中にまで入る気にはなれない。バッタリ顔を合わせたら、どちらにとっても気まずいだろう。別れて二十年以上たっているのだから、すぐにはわからないかもしれない。

中レベルのマンション。あまり豊かな生活とは見えない。郵便受けの三〇二号室を見ると、

——えっ——

正式な結婚をしたはずだ。婿さんを迎えた、とは聞かなかった。苗字が〝岩井〟と昔のままである。たやすく考えられるのは、

——離婚か——

同級会名簿が作られたときは二人で暮らしていた、夫が出て行き、離婚が成立し、彼女が残った、と、そんな事情がほの見えてくる。幸福な結婚ではなかった、と言ってよい。

周治が静香の住所を簡単に知ったと同様に、彼女も周治の住所を探るのはたやすい。家を調べ、周治が休日に神田川のほとりを歩くことを知ったかもしれない。

——娘さんだったりして——

周治に手紙を渡した女性が……。となると、たとえば、静香はもう死んでいて、娘がなにか勘ちがいをした。母がある男を恨んでいた、と。

空想が広がったが、やっぱり、

──ばからしい──

周治は踵《きびす》を返した。

夏の盛りに、職場の同僚が病気を苦にして命を絶った。治癒の望みは薄く、療養費のかさむ病気だったらしい。

「この春、急に宣告されたらしいぞ。不治の業病だって」

「なにもすぐ死ぬこと、ないのに」

「どうせ死ぬのなら家族に貯金を残しておきたいって。彼らしいよ」

「しかし家族はつらいな」

「たった一年のうちに運命がどう変わるかわからん」

確かに一年のうちに思いがけないことが起き、だれかの恨みを買い、死に追い込まれることがないとは言えない。

秋が深まり、冬の寒さが近づくころ、たまたま父の幼いころからの友人に会ってみれば、

「若いころは一番と言っていいくらい親しい仲でね、あなたのお父さんとは」

「そうなんですか」

「私が海外に出て、すっかり縁が薄くなってしまったんだけど」

「はい」

「お母さん、お元気？」

「七年前に。父より先に」

「あ、そう、それは知らなかった」

相手の表情に微妙なものが走るのを見て周治は、

「父の結婚のころ、ご存じでしたか」

と尋ねた。

「うん。知ってる」

さらに困惑が漂う。

「じゃあ、前の母、ご存じですか。私、母がちがうらしいんです」

立ち入った事情を漏らしてみた。

「少しは聞いてる」

「なぜ私の母は、父から離れたんでしょう？」

「わからない。ほかに好きな人がいたような話だったけど」

「そうなんですか」

「あなたは生真面目そうでよかった」

「はい……」

　くわしいことは聞けなかったが、かいま見えてくるものがないでもない。「あなたは生真面目そうでよかった」というのは、実母がそうではなかった、ということではないのか。父の友人として周治が悪い遺伝子を継がなかったことに安堵を示したのではないのか。確かに、

――俺は生真面目だよな――

平凡と言ってよいほどに……。人の恨みなんか買いにくいタイプである。


　年の瀬が来て、テレビで〝ゆく年くる年〟を見た。窓を開けると、どこかで鳴らす鐘の音が遠く、細く聞こえる。

――一年が終わったぞ――

　信じなければ、それでよし。信じたとしても手紙の文句は〝今年一年のうちに〟と記していた。その一年が終わったのだ。

――自殺の有効期限が切れた――

　正月が過ぎ、松が取れ、いつも通りの日常が戻ってくると、寛子はキッチンの仕事を終え、あい変わらず日溜りで寛《くつろ》いでいる。猫をあやしながらテレビを見ている。平凡な男の平凡な

妻。ここではまちがいなく平凡な生活が営まれている。なによりもこれが一番だ。貸したり借りたりの関係はつらい。


「あなた、そう言えば」

「なんだ？」

「このごろはやっているんですって」

「なにが？」

「人のよさそうなおじさんを見つけると、女の子が手紙を渡すんですって」

「ラブレターか」

「まさか。〝あなたに貸しがあります。借りを返してください〟って」

「えっ。なにを返すんだ」

「〝人を一人消してください〟よ」

「殺してくれってことか」

「そうなんじゃない。手紙をもらったほうはびっくりするじゃない」

「ただの悪戯だろ」

「そうでしょうけど、だれだって胸に手を当ててみれば、だれかになんか借りてるじゃない」

「銭か？」

「ううん。お金ならわかりやすいけど。もっとほかのもの。恨みとか」

「人を殺したくなるほどの恨みって、あるかなあ」

「そりゃ、あるでしょうよ」

「それを頼まれて、やらなきゃならんほどの借りって、なんだろ？」

「さあ。あなた、ない？」

「ない、ない」

本気とは言えないまでも一年を通じて折々に考えたことだ。つい先日その屈託をきれいさっぱりと落としたばかりだ。

妻の得意な確率で言えば……初めに周治の前に「借りがあるの」と言って現われたのは、実母だったろう。自分の子を捨てて好いた男のもとに走ったのなら、大変な借りを背負ったことになる。実母はわが子を捜し、いじめられてるのを知ってなにかをしてやろうと思った。この確率はゼロではない。ところが西川が死んだ。これはただの事故だ。生母は怖くなって身を引いたのかもしれない。それから三十数年が過ぎ、若い娘に〝借りを返してください〟と手紙で伝えられたのは文字通り悪戯だ。このごろはとんでもないことがはやったりする。

――人のよさそうなおじさんかあ――

これも当たっている。狙われる確率は高い。周治はちょっと妻の横顔を見て、

「あんただって、人を殺したいほど恨んだこと、ないだろ」

寛子は振り向いて、

「あるわよ。一人か二人、殺したいって」

「いつ？　だれ？」

「言えないわ。でも、ある」

くぐもった声は冗談を言う口調ではない。

——俺と妻とのあいだのバランス・シートはどうなっているかな——

周治はぼんやりと考えてみた。

ヴェニスと手袋

「持ちもの、少ないのね」

「うん。ほかはキャリー・サービスで空港のほうへ送っておいたから」

「第二ターミナル？」

「いや、第一のほう。オーストリア航空だ」

昨夜、初めて尚子《なおこ》の部屋へ行って泊まった。朝早く渋谷から成田エクスプレスに乗る。尚子は下北沢の駅まで「送る」と言って追って来た。

商店街は軒なみシャッターを降ろして薄暗い。駅へ向かう人影は疎《まば》らで、みんな一人、一人、足を速めている。私たちだけが肩を並べて歩いた。

だれかに気がねをする立場ではない。私はずっと独り暮らし。気ままに生きている。もう五十も近いというのに……。尚子も年こそずっと若いが、似たような境遇だろう。

「いいわね、ウィーンなんて」

「よくもない。退屈な会議ばかりだ」

「寒い？」

「十月だからな」

私は鉱業資源を調査する研究機関に勤めている。研究員ではなく、総務関係の職場が長いのだが、時折、海外の会議にも出席する。会議場で通訳の説明を聞き、たまに意見を述べる。部厚いリポートをもらい、抄訳にして持ち帰る。さほど重い任務ではないけれど、外国語ばかりの会議は、やっぱりつらい。

「でも、そのあと、ヴェニス？」

「うん。ちょっとな」

「どうしてヴェニスなの？」

「昔、行った」

「いい思い出があるのね」

尚子は下からはすかいに視線を投げて笑いながら睨んだ。

当たらずといえども遠からず。こんなとき女性の勘はみごとに働くものだ。

駅に着き、改札口で、

「じゃあ」

「お元気で。行ってらっしゃい」

「飛行機、落ちるかも」

「またそんなこと言って」

〝また〟だなんて……前にそんなこと言ったはずがない。尚子にもなにか思い出があるのかもしれない。

「じゃあ」

同じ言葉をくり返し、手をあげて改札を抜けた。

尚子はきっと私のうしろ姿を見送っているだろう。私は振り返ることもなく上り電車の来るホームへ急いだ。私は……どう説明したらいいのか、こんなときに振り返るのが、わけもなく厭《いや》なのだ。厭というより昔からできなかった。「あなた、そういう人なのよ」と友美《ともみ》が詰《なじ》っていた。ハスキーの優しい声だが口調は厳しかった。十数年前、いっしょにヴェニスへ旅した女である。

——あれはなんだったのかな——

あのときは親しかった。でもすぐに別れた。つまり、振られた。ヴェニスから帰って友美は連絡を断ち、それからは取りつくしまもなかった。

——ヴェニスではいい仲だったのに——

そう思ったのは私のほうだけだったらしい。友美は華やかに輝くヴェニスにいたあいだだけ華やぎに身を委《ゆだ》ねていたのだろう。日本に帰れば現実が見えてくる。たまたま私といっしょに旅に出たけれど、友美にはほかに好きな男がいたらしい。その男との仲がいっときこじれていて、あえて言えばそれを修復するために、自分の心を確かめるために私の誘いに応じたのだろう。そんな気がする。おかしな理屈だが、男女の仲にはこういう心理の働くこともあるのではないのか。とりわけ女性には……。べつな男をつぶさに見て、もう一人の男の価値をあらためて発見する、というケースが……。

——それだけじゃなかったろうけど——

打算もあったろう。格安でイタリアへ行ける優待券を私が持っていて、友美はそれを利用したかった……。イタリアに憧れていたし、ヴェニスは若い女性が憧れるにふさわしい都である。

——人のことは言えんな——

私だって上等じゃない。いい女と旅をしたかっただけのこと。友美はいい女だったし、旅はまちがいなくすばらしかった。

だが……省みて、私には女性を真剣に愛さないところがあるらしい。親しくなってもうちとけないところが残る。身も心も、ということはないみたい。そっけなく映るだろう。嫌われても仕方ない。

とはいえ、輝かしい旅と、そのあとの別離、となると若いからショックは大きかった。ますます女性を当てにしなくなった。

――ずっとそうなんだよな――

あれから十数年、仕事でウィーンに行くことになり、たやすくヴェニスへ立ち寄れるとわかったとたん、私もつぶさに昔の日々を思い返してなにかしら確かめてみたくなったのだろう。

終点の渋谷で降り、駅舎と呼ぶにはあまりにも広い複雑な構内を通って成田エクスプレスのホームに立った。周囲は九十パーセントを超えて海外へ赴く客たちだろう。

赤とグレイのツー・トーン・カラーの列車が滑り込んで来る。チケットに記された席に坐り、しばらくは車窓に映る朝の風景を眺めた。山手線のホームは賑わい始めている。車内販売のワゴンが来たのでコーヒーを求め、すすりながら旅の日程表を眺めた。会議に必要な資料を取り出して目を通したが、いつのまにか目を閉じていた。

右手に五重塔が見えれば成田のターミナルは近い。第一ターミナルに降りるのは初めてかもしれない。

海外旅行は飛行機に乗るまでが長い。それでもオーストリア航空はドイツ人気質を反映しているのだろうか、時刻通りの運航で、飛行機のドアを閉じたときに腕時計を見ると、出発時間をほんの三分過ぎているだけ、ゆるゆると動きだし、二十分後には宙に浮いていた。

これからがまた長い。

──もし旅客機が最初に日本で造られ、日本で発達したとしたら──

と、とりとめもないことを考えた。

夜行列車の、蚕棚《かいこだな》のような三段ベッド、あれが採用されたのではあるまいか。ヨーロッパ行きやアメリカ行きなど日本人が繁く利用する航路はとても長い時間を要するものばかりだ。ペチャンコになって寝て行けたら、どんなに楽ちんだろう。そのために必要とする空間は、設計ひとつで現行のエコノミー・クラスとそうは変わらないのではあるまいか。

ビデオ映画を探したが、日本語の字幕がついたものはない。英語は……聞いて、見て、楽しむという娯楽の範囲を超えている。それでも目の前に映して、

──スパイ活劇かな──

かろうじてストーリーを追った。見るだけでも楽しい美人が登場してくれるといいのだが、B級映画はやっぱり女優の容姿までB級なのだろうか。

二時間あまり眠れたのはラッキーだった。加えて今回の旅はトランジットがないから助かる。ウィーン空港へ着き、そのままタクシーで市内のホテルへ。機内食のおかげで胃の腑は満ちている。町に出てビールを飲み、ゆらゆらと帰って眠った。

翌日は朝から会議。ロビイでは〝ナイス・トゥ・ミート・ユー〟のオン・パレード。会議

が始まってみれば、主催者の挨拶が短いのはうれしかったが、あとは退屈、退屈、退屈。アジェンダを確かめ、どれが大切な議事か……多分丸印は三分の一くらいのものだろうが、二重丸とおぼしいものにだけ注意を傾けた。通訳がかたわらで大切なところを囁いてくれる。とても有能な人みたい。

「今、なにやってんの？」

「ここはいいです」

重要でないところは要領よく、大胆に教えてくれるから、ありがたい。

ヴェニスのことを考えた。

十七年前。列車で着いて友美と二人で運河の町のホテルに入ったとき……。夕暮れだった。部屋の窓を開けると、どこからともなく歌声が聞こえてくる。古い建物のあいまを縫って素朴な歌が高く、低く、遠く、近く流れてくる。

「ゴンドリエが歌ってるのね」

「そうらしい」

「行ってみましょ」

「どこへ」

「行けばわかるわ」

旅の荷物もそのままにして外へ出た。歌声を頼りに路地を抜けた。

運河のほとり。岸辺に、橋の上に、三々五々人が群がっている。周囲のビルの窓も疎《まば》らに開いて老若男女の顔が覗いている。

その下を、暮れなずむ水の上をゴンドラがゆっくりと滑って行く。ゴンドリエがきりりとポーズを取り、バランスを取りながら歌っている。

――イタリア民謡かな――

みんなが手を振る。拍手が起こる。

ゴンドラの中には、よくは見えなかったが、中年のカップル。あらためて観察すると、ゴンドラには漕ぎ手が一人、歌い手が一人、アコーディオン弾きが一人、合計三人が乗客にサービスをしている、とわかった。

「高いのかしら、料金？」

「そりゃ、高いんじゃないのか。三人も雇わなくちゃいけない」

「いいわね」

と友美は独り頷いてから、

「夜を開くのね」

「えっ？」

「夜を開くのよ、これから始まる快楽の夜を。でしょ?」

時折こういうしゃれた言葉を呟く人だった。

「そうだね」

まさにその通り。夜が近づき、歌声が流れ、いくつもの快楽を秘めた町が、いよいよカーテンを上げて開こうとしている。そんな気配が漂っていた、漲《みなぎ》っていた。だれかしら少し懐《ふところ》にゆとりのある旅人が、この序曲を周囲にばら撒《ま》いている……。意図したことかどうかはともかく、彼等はみずからも楽しみながら町のあちこちに、この歌声を、運河と細い道とを貫く無償のサービスを提供してくれているのだ。それがうれしかった。

ゴンドラの中の二人も手を振る。日本人のようにも見えた。そして、ゴンドラが遠くへ消えたとき、確かにヴェニスの夜は開いた。

教会の鐘までが鳴った。

すると……このあたりで会議場の通訳につつかれ、夢想が現実に戻る。

「採決ですよ」

「賛成でいいんだろ」

「はい」

グリーンの紙を掲げる。レッドが反対、イエローが保留である。議事は雑件に入って日本と関わりのあるテーマは少ない。

二日半の会議を終え、フェアウェルの会食をちょっとだけ覗いて、

「シー・ユー・アゲイン」

「シー・ユー・アゲイン」

「お疲れさまでした」

「お世話になりました」

立ち去るためのセレモニィ。なにはともあれ仕事はそつなくこなしたと思う。夜の酒場で新しいコネクションをいくつか作った。一つ、二つはきっと後日の役に立つ。

が、とにかく、終わった、終わった。ホテルへ寄って荷物を整え、ウィーン空港へ。この町の夜にもすてきな催しがたくさんあるのを知っていたが、予約なしでは出色の演《だ》し物にはめぐりあえない。予定通り夕刻の便でヴェニスへ向かった。

ほんの二時間ほどの飛行。やっぱりヨーロッパは短い移動の中に収まっている。金銭もユーロでよし。出入国の手続きだって簡単なものだ。

空港ビルの出口近くまで来て、

「えーと」

と戸惑った。

もう深夜も近い。ヴェニスの中心部は車が入れない。タクシーでは行けない。

――この前は、どうしたろう――

友美と来たとき……。あれは昼間、列車で入り、ガイドがうまく手配してくれたから、なんの戸惑いもなかった。だから忘れていたらしい。

スーツケースを転がし、水上タクシーの乗り場まで、かなりの距離を歩いた。モーターボートに乗り、暗い海を走って小さな船着き場に着いた。周囲は静まり返っている。暗い倉庫ばかりだ。

――ここなの？――

そこが私を乗せたモーターボートの拠点らしい。ホテルの名を告げたが船頭は首を振り要領をえない。

「サン・マルコ」

と言うと、その方向だけは、指でさし示してくれた。心細いったら、ありゃしない。空港でホテルの名を言えば、玄関にタクシーを横づけしてくれるものとばかり思っていたのに……。

それからのホテル探しが大変だった。旅に出る前にサン・マルコ広場周辺の地図を見てホテルの位置を赤く印しておいたから、よかった。街灯の下で地図を確かめ、細い道をゴロゴロ、ゴロゴロ、スーツケースを引きながら捜しまわった。道は凹凸が激しい。道を尋ねても英語は通じにくい。

一時間あまりの苦行……。間口五メートルほどのホテルを見つけだし、チェックインをすましたときには、

——これがヴェニスか——

気をそがれたのは本当だった。

——大丈夫かな——

この懸念は的中した、と言ってあながちまちがいではなかっただろう。

翌日はゆっくりと起きて朝食をすませ、早速サン・マルコ広場へ。一見して、印象が少しちがった。なんだか雑然としている。月並の観光地みたい。以前はもっと優雅な気配があったような気がする。

——私の思いちがいだろうか——

美しい過去は記憶の中でどんどん美しさを増殖させるものだというから……。

あえて言えば、

——中国人の団体客が増えたせいかなあ——

アジア系の顔が溢れているが、近づくと日本語ではない。町のたたずまいも工事が多く、

行列が長く、勝手がちがう。

運河の風景は……水上バスに乗り、適当なところで降りて古い教会へ立ち寄るなど、そんな散策は今日も充分に可能ではあったが、どこかがちがう。かつては友美と二人で、

「降りてみる？」

「うん」

小さな発見があったり、なかったり、じゃれあったり、睨みあったり……私自身が年を取り、感性にみずみずしさがなくなったせいかもしれない。みやげもの店も以前は小さな店に思いがけないセンスのよさを見つけてウィンドウ・ショッピングが滅法楽しかった。これも友美がかたわらにいたせいなのだろうか。今日は観光客用の廉価な品が目立つ。めぼしい教会や美術館はどこも混んでいて、静かに楽しむという雰囲気ではない。あきらめて海辺に向かえば、海に注ぐ運河の周辺も工事のまっ最中。

——確か、このあたり——

〝ため息の橋〟という小さな名所があって、これは、昔、牢獄から死刑場に引かれて行く囚人が回廊風の橋を渡り、その壁には窓があり、囚人と縁者たちは、そこで最後の一瞥《いちべつ》を交わしたんだとか。

「ここから見たわけね」

と友美が呟いていた。三十メートルほど先に丸窓があって、だれかが通ればほのかに見えないでもない。

「すごいね」

「私が通ったら、見送ってくれる?」

「反対だろ。死刑囚なんて男が圧倒的に多い。あんたが、ここから見送るんだ、泣きながら」

「じゃあ、ハンカチ、たくさん買っておかなきゃ」

その直後に友美は本当にハンカチを何枚か買っていた。きれいなハンカチを売る店が近くにあった……。

とりとめのない会話の現場を再訪しようと足を向けたのに、一帯は工事中を示す大きなパネルに隠されて橋の輪郭さえ窺《うかが》い知れない。パネルの下に水路があるだけだ。ハンカチを売る店も見つけられない。

——ちがうなあ——

友美と別れてしまえば思い出自体が、それを育《はぐく》んだ風物までもが劣化してしまうのだろうか。それは私の思い過ごしだとしても、とにかく長い年月がたっているのだ。わけもなく、

——友美ももう昔のように美しくはあるまい——

と思う。

まったくの話、ゴンドラはしきりに蠢《うごめ》いているが、これも風情を欠いている。中国人の団体で三艘を連ね、みんなで歌って、さながらカラオケ大会みたい。中心部の散策は、もうこのくらいでいい。

――夜をどう過ごすかな――

ホテルのロビイに夜の催し物の案内が貼ってあったのを思い出し、戻ってみると、めぼしいものは今夜の上演ではない。たった一つ、

――これなら、いいか――

公営の歌劇場で〈セビリアの理髪師〉を上演している。ウィーンを捨てて来たのだから、

――せめてここでオペラくらい見るかな――

フロントに尋ねると、チケットが手に入るようだ。

一枚を頼んだ。

「劇場はどこなの?」

フロントは私よりはるかに英語がうまい。

「ここじゃないんです」

「どこ?」

「島です」

「島？　行けるんでしょ」

「もちろん。すぐです」

昨夜到着した船着き場から少し来たところにリアルト橋がかかり、その手前の水上バス乗り場から1番か3番のフェリーに乗り、三つ目で降りてまっすぐ行けば劇場に出る、と教えてくれた。夜八時の開演らしい。

午後はできるだけ観光客の来ない一角を狙って歩き、ヴェネチアン・グラスの名品をいくつか見つけたが、美術品クラスのものはとても手の出る値段ではない。ショウ・ウィンドウに美しい手袋の並ぶのを見て足を止めた。グリーン、ブルー、ベージュ、パープル、イエロー、どの色も微妙に垢抜けている。とりわけカシミアのモスグリーンがすばらしい。値段を聞き、わけもなく色のみごとさに引かれてクレジット・カードを出してしまった。

夕刻を待って〝夜を開く〟風景を捜したが、これもいっこうに見つからない。歌い手もいなければアコーディオン弾きも見当たらない。おそらく粋《いき》な観光客は、この繁雑な町から遠のいてしまったのではあるまいか。

——あとはオペラだな——

せめてもの期待は……。

——〈セビリアの理髪師〉って、どんなオペラだったっけ——

タイトルは知っているけれど、中身は知らない。

――しかし、まあ、名の知れたオペラだから――

眺めたあとで、日本へ帰ってストーリーでも追いかければいい。

それにオペラというものは、ストーリーがわからなくても歌を聞けば、それだけで価値があるはずだ。ストーリーもおのずとわかるのではあるまいか。

3番の水上フェリーに乗り、三つ目で降りた。かなり鄙《ひな》びた様子の町である。何年か前に一帯は顕著な海面上昇に襲われ、建物の一階部分はどっぷりと水に浸され、水が引いてもそのまま放置されているケースが多かったとか。島はそのせいなのか、もともと過疎化が始まっていたのか、古いビルが並んでいても人の住む気配は乏しく……とても賑やかな町とは言えない。ガランとした家や倉庫が目立つ。フェリーを降りたら「まっすぐ行け」と言われていたから、まっすぐの道を採ったつもりだが、どこかでまちがえたらしい。広い道が急に細くなり、ビルとビルとのすきまを抜ける羽目になったりして、

――この道でいいのかなあ――

地図を見ても……簡略な地図には劇場がひときわ大きく立体的に示されていて、

――これならだれにだってすぐにわかるだろう――

と思ったが、トンデモナイ。それらしいものが見えない。島の人らしい通行人に尋ねても

英語が通じないのか首を傾げている。ようよう犬を連れた老婦人に出会い、これは英語が通じて、

「ややこしいから案内しましょう」

すでに私は通り過ぎてしまったらしく、ななめ方向に戻る形で、ようやく劇場にたどりついた。でも、

——これがそうなの——

信じられない。

ファサードは一応古風な造りで、りっぱな建物だが、本当に劇場なのだろうか。

ちょうど開場時間らしく、二、三十人の観客が狭い玄関から中へ入って行くところだった。入場してみると……果して劇場ではなかった。多分、かつては貴人のお屋敷であったところ。由来は知りようもなかったけれど、教会ではない。何階建てなのか、これも確かめなかったが、お屋敷の一角にダンス・パーティでも催すような大広間があり、そこに椅子を並べて劇場にしている。天井は高く、薄暗く、少し寒い。

そして正面の舞台……。これも粗末な造りで、初めから舞台としてこの建物に設けられたものではあるまい。オーケストラ・ボックスもなく、舞台上手の下にグランド・ピアノが置かれ、あとは譜面台がいくつか、椅子がいくつか、アンサンブルで音楽をまかなう趣向らし

い。

見まわすと二百席あまりの椅子がおおむね埋まっている。

――仕様は粗末だが、中身はいいのかもしれない――

なにしろイタリアはオペラの本場なのだ。ホテルの壁にあったポスターは一流の劇場の演し物と肩を並べて遜色がなかった。

やがて楽士が現われ、序曲が流れ、開幕……と言っても幕はない。奥手のドアを開けて男性の演者が現われ、高らかに歌い始める。もう一人男性が登場して、うろたえるような所作を演じる。暗闇で、手さぐりをしているようにも見えた。

〈セビリアの理髪師〉についてなんの知識もないから、もちろん歌詞も台詞《せりふ》もわからないから、見当をつけるより仕方がないのだが、第一幕の第一場は、好色な男どもが夜陰に乗じて美しい姫君の館《やかた》の、その庭先あたりに忍び込んでウロチョロしている、そんな情況ではあるまいか。

それにしてもライトが暗い。演者たちの顔も表情もほとんど見えない。プリマドンナが現われて、歌はそれなりに巧みなのだが、なにかが足りないみたい。どうにも引き込まれない。

二十分ほど見ているうちに厭になった。ヴェニスの夜を費す演し物とは思えない。

しかし周囲の客席はとりわけ不満を覚えているようには見えない。きちんと目を向けて鑑賞している。私一人途中で席を立つのは失礼だろう。

二時間ほど。……第一幕が終わったところですばやく立って劇場を出た。外は、暗い。寒い。

――風邪の引き始めかな――

ジャケットの襟を立てた。

フェリーの乗り場まで、さっき来た道は明らかに遠まわりだった。それにあの道を戻れるかどうか、おぼつかない。

――多分こっちの方角――

と見当をつけて知らない道を歩きだしたのだが、どうもおかしい。薄暗い道ばかりが続いている。フェリー乗り場への道なら、もう少し賑わうのではあるまいか。帰宅を急ぐような人影を見て……きっとフェリーから降りて自宅へ帰るのだろうと想像して呼び止め、

「エクスキュズ・ミー。ホエア・イズ・ザ・フェリー・ポート？」

尋ねてみたが相手はキョトンとしている。そこで私は手ぶりで舟を作り、身ぶりでそこへ乗るしぐさを演じて、

「フェリー・ポート。フェリー」

と叫んだが、通じたのかどうか。町角で旅行者が迷っていれば見当がつきそうなものでは

ないか。

ようやく右のほうを指す。

「サンキュー」

と右の道へ入ったが、これは間もなく行き止まり。

――ちがうな――

町の灯は……疎らに光っていた灯りが次々に消えていく。夜が深くなる。人通りはほとんどない。路地を覗くと、奥手の酒場らしい窓がたった今、灯を消して店を閉じていた。

風が冷たい。ブルッと震えた。

若い女性の三人組を見つけ、駆け寄って尋ねると、三人は顔を合わせて呟きあい、背の高い一人が、わからない言葉を告げて左のほうを指す。

「テン・ミニユッツ」

十分くらい、という言葉だけがわかった。

そちらに向かい十分ほど歩いたが、こっちもらちがあかない。

急に不安を覚えた。ガイドブックの地図はおおまか過ぎて役に立たない。第一、自分が今どこに立っているのかわからないのだ。もう劇場に戻ることもむつかしい。島の道路は想像を超えて入り組んでいるようだ。

それからは、もう混乱の極み。あっちへ行き、こっちへ行き、激しい狼狽を覚えた。せめてオペラを最後まで見ていたら観客の中にフェリー乗り場へ行く人がいたのではないか。英語のわかる人もいたのではないか。

歩きまわっているうちに夜はますます深くなる。島の夜は早い。店らしい店もなく、あってももう閉じている。暗い建物ばかりが並んでいて灯のついている窓は本当に少ない。明るい窓は皆無と思うほどの路地ばかりだ。

――まさか迷宮のような町じゃあるまいな――

尿意までもよおしてくる。まあ、これはこのまっ暗な町ならなんとかできるとしても、

――こんなことがあるものか――

怒りさえ覚えた。

現代の町で、ヴェニスの島で、こんなに道に迷うことがあっていいものか。山中や砂漠じゃあるまいし、いい大人が道に迷って途方にくれる、そんなことが起きていいものか。

だが、それが起きたのだ。あちこちとさまよい歩いた一時間ほどは一刻一刻不安が深まって、

――もしかしたら夜通し船着き場にたどりつけないかもしれんぞ――

たどりついても朝までフェリーの運航を待たなければならない、と、そんな情況が脳裏を

かすめる。

——まいったなあ——

足もとを見ると、

——あっ、これ——

古い手袋が一つ、街路樹の下に落ちていた。さっき船着き場を出て劇場へ向かったとき、まっすぐの道が急に細くなり、それから小広いところへ出たとき、この手袋を見たはずだ。拾いもせず、なにげなく見て通り過ぎたけど、

——これがここにあるのは——

手袋の指のさす先に薄黒いビルとビルに挟まれて細い路地が口を開けている。逆方向から見ているが、最前は、あの路地を抜け、この手袋を見て劇場へ行こうとしたはずだ。周囲が暗くなって様子が変わっているけれど、手袋がここに落ちている以上、この記憶はまちがいない。

——指までさしている——

と笑ったのは安堵の表われだろう。実際にはあれこれ思案する間もなく手袋の指のさす路地に駆け寄り、中を通り抜けて、

——ここだ、ここだ——

風景が少し明るくなり、知った一角が見え、その向こうにフェリーの乗り場に続く道があった。

何人かの人の群が集まっている。船着き場の時刻表を見ると、あと四、五分も待てばリアルト橋へ行くフェリーが来るらしい。

――助かった――

大げさかもしれないが、遭難の実感が心の中に残っていた。世界には、どこに、どんな知らない情況が伏在しているか、千分の一、一万分の一くらいの確率でトンデモナイことがけっして起きないとは言えないだろう。

――ヴェニスはもう私には輝いてくれないらしい――

つまらない夜だった。急ぎホテルへ帰って風邪薬を飲んで眠った。

あとで知ったことだが、私の渡った島にはフェリーの船着き場がいくつもあって、ただ単に「フェリー・ポート」と言われても、どれを答えればいいのかわからない。首を傾げるわけだ。道は入り組んでいるけれど、

「迷うほどのところじゃ、ないと思うがなあ」

これが実情らしかった。

なにかしら私は小さいこだわりに捕らわれていたのかもしれない。

「ごめん。報告書作りとか、少し忙しいので」

と、帰国しても、すぐには尚子と会わなかった。

「来週くらい？」

と電話の声は誘っている。

「そうだね」

そっけなく響いただろうか。いつもそうなのだ。私の癖なのだ。女性にうまく応じられない。相手が見送っていると知っていながら、あえて振り向かない、とか……。

ヴェニスで買い求めた手袋は上等なカシミアで、とてもいい色だ。こんな高価なものを贈ったら……手袋はきっと私の行方を指さすにちがいない。

島人のパラドックス

〝おれは締切日を明日に控へた今夜、一気呵成《いっきかせい》にこの小説を書かうと思ふ。いや、書かうと思ふのではない。書かなければならなくなつてしまつたのである。では何を書くかと云ふと、—それは次の本文を読んで頂くより外に仕方はない〟

芥川龍之介の『葱』という短編小説の冒頭部分である。これに続くのは、夢二の絵から抜け出て来たような美少女お君さんと田中君という無名の芸術家の甘い恋である。ほとんど初めてのデート……。ロマンチックな夜が想像されたが、そうはいかない。

——田中君は芥川の分身かな——

感性は繊細な作家を感じさせるが、小説家はなべて嘘つきだから、まったくのフィクションと考えるのが正しい。葱の匂いが漂い、ストーリーの展開も少し〝くさい〟のだが、恋愛の夢と現実の機微を訴えて楽しい。数ページを経たのち才筆は、

〝とうとうどうにか書き上げたぞ。もう夜が明けるのも間はあるまい。外では寒さうな鶏《にはとり》の声がしてゐるが、折角これを書き上げても、いやに気のふさぐのはどうしたものだ。（略）まあこの儘《まま》でペンを擱《お》かう。左様なら。お君さん。では今夜もあの晩のやうに、此

処からいそいそ出て行って、勇ましく——批評家に退治されて来給へ〟と終えているのだが、この数行には確かな実感が籠《こも》っていて、わけもなく身につまされてしまう。小説家であるならば締切りを目の前にしてだれしもが体験していることだ。あの、どうしようもない焦燥感、命が縮む思い……。

——どこかにストーリーが落ちていないものか——

とにかく書きあげてホッとしたい。ごみ屑のような作品でも拾って間に合わせたい。少々〝くさい〟作品だって仕方がない。編集者に手渡して、しばらくは、下を向いて歩こう。

話の発端は充分に遠い。私は四歳だった。海に近い町に父と母と、十歳年上の姉と、それから知人の娘、千代さんと五人で暮らしていた。海にはたくさんの島が散っていて、数千人の人口を持つ島もいくつかあった。

差別にかかわることが含まれているから、どことは言うまい。島の名も仮名としよう。そう、亀井島。駄じゃれをお許しあれ。もともと私の家は亀井島と関わりが深く、母はそこの出身だった。千代さんは家族が島にいて、彼女は女子師範に通うため私の家に寄宿していた。家族同然で、母といっしょによく台所に立って、一家の食事を作っていたような、そんな風景がぼんやりと私の脳裏に残っている。

差別というのは「亀井島のもんは嘘つきだ」と、これが町の定説だった。根拠のあることとは思えない。言いがかりのようなもの……。でも、いっときはそう噂され、子どもでも知っていた。千代さんもあらぬ中傷を受けたことがあっただろう。

だが千代さんは〝飛んでる〟ところがある女《ひと》だったから、

「そうよ。気ィつけな」

軽くいなして、深くは傷つかなかった。思い返して、そんな気がする。

だが……事件はこの性格とは、とりあえずなんの関係もない。春先の休日の午後……。母は留守で、千代さんが夕食の支度をしていた。くわしい事情は四歳の子にはわからなかったが、知人の家から呼び出しがかかり、

「お祝いがあるから、みんなでいらっしゃいよ」

父はどこかへ出ていて、母からの言伝《ことづ》てではなかったのか。千代さんと姉と私がそろって知人の家へ向かった。母が待っていて、夕ご飯をご馳走になったのだ、と思う。

家へ帰ったのは、すっかり暗くなってから……八時過ぎだったろうか。

「あら、どうしたの」

庭に通じる木戸が、こわれている。繁みが荒れている。庭から家の廊下に上がるガラス戸が開いている。

「泥棒よ」

「ひどい！」

空き巣に入られたのだ。

四歳児の見聞はたかが知れている。びっくりしたけれど、空き巣は客間に踏み込んだだけで、すぐに逃げ出したらしい。被害は小さく見えたが、惨事は……アカが、飼い犬が無惨に殺されていた。

このショックは大きい。アカは名前の通り赤茶色の毛が目立つ中型犬。幼い私にもよくなついていた。

それが頭を割られて、植込みの中に倒れていた。声も出せない。千代さんと姉とが飛び寄って抱いた。踏み石の上に血がべっとりと固まっている。母が濡らした雑巾を持って来て傷口を拭った。

「死んじゃったの」

「ええ」

「かわいそうに」

「戦ったのね」

事情は明白だ。

みんなの話や後日の推測を加えて述べれば……アカは塀と垣根で囲われた庭で、おおむね放し飼いにされていた。このときもそうだったろう。庭はかなり広く、アカは裏庭で、戯れたり眠ったりしていることが多かった。

空き巣は玄関を探り、庭木戸を越えて前庭に入ったにちがいない。ガラス戸を開け、廊下から客間に侵入した。そのあたりに土足の跡がたくさん残っていたようだ。ほんの四、五分……あるいはもう少し長かったかもしれないが、裏庭にいたアカが、

――変だな――

異変に気づいたにちがいない。怪しい現場に向かってまっしぐらに走る。そして吠えたてる。けたたましく、声を限りに吠えて、吠えて、吠えまくったにちがいない。

泥棒は驚く。捨ててはおけない。顔を出すと、アカは飛びかかり、嚙みつこうとしただろう。勇敢な犬だった。

泥棒は鈍器を所持していた。鉈《なた》のようなものだったらしい。

「だれも家にいなくて、よかったわね」

「ほんと」

「アカが犠牲になってくれたのよ」

涙、涙で語られたことだった。

あらかじめ鈍器を帯びていたのは犯人の凶暴さを示している。嚙みつかれて、それを振った。刃物が犬の脳天を打ち、ほとんど即死だったのではあるまいか。

警察が来た。母が呼ばれて、しばらくはボソボソと尋ねられていた。

「どうだった?」

「いろいろ聞くのよ」

「どんなこと?」

「どうでもいいことまで」

盗まれたものは……なにもない。当座はなにもないように見えた。

泥棒は犬を植込みに放り投げ、あわてて逃げ去ったにちがいない。

夜更けて父が帰り……私はすでに布団に入って、そっと茶の間の話し声に耳を傾けていたような気がするのだが……。

「留守でよかったな」

「ええ」

「なにか盗まれたか」

「いえ、べつに」

「すぐに逃げたんだな。アカのおかげだ」

「でも、かわいそう」

「仕方ない」

死骸はシーツに包まれ、勝手口の土間に置かれていた。私は何度かシーツをめくってアカをなでた。生きているときとちっとも変わらない手触りだった。

「どうする？　アカ」

「うちのお墓、駄目？」

山ぎわの徳明寺《とくめい》（これも駄じゃれだ）に先祖代々の墓があった。

「無理でしょ。お寺が許さないわ」

人間の墓に犬は納められまい。第一、それは本家の墓であり、ときどきお参りには行ってたけれど、わが家の墓とは言えないのだ。いずれにせよ子どもたちでどうこうできることではない。

「墓が見える裏山のどこか」

「それならお参りに行けるし」

そこは姉の通う学校に近かった。ときどき、立ち寄ることもできるだろう。姉が一番アカをかわいがっていた。

父に相談するとなにか文句を言われるかもしれない。母の黙認のまま三人でアカの埋葬を実行した。徳明寺の裏の、山の傾斜のすそのあたり。山は、わらび取り、栗拾い、きのこ狩り、子どもはだれでも入って行くことができた。毛布にくるんだアカを自転車のうしろに乗せ、シャベルを携えてお寺の裏へ忍び込んだ。夕日の傾くころだった。

「なに、それ？」

姉は用意周到だった。どこで見つけたのか、大人の頭ほどの赤い石を風呂敷に包んでぶらさげている。

「お墓よ。アカだから赤い石がいいわ」

「うん」

墓には墓石があったほうがいい。

短い時間で作業は終わった。土をかけ、付近に咲く花を抜いて飾り、次々に手を合わせて忠犬の冥福《めいふく》を祈った。

しばらくはアカの話題が家族のうちで交わされた。毎日が寂しかった。

泥棒は見つからない。一カ月もたったころになって、

「あれ、どうしたのかしら。ないわ」

母が呟いたのだろうが、私はその場に居あわせたわけではない。あとで聞いて情況を想像しただけのことだ。

「なに？」

　相手は姉だったのか、千代さんだったのか。

「ないのよ、指輪。客間の小簞笥《こだんす》の上に置いたと思うんだけど」

「いつから」

「うーんと、あのときかしら」

「あのときって……」

「空き巣が入ったとき」

「ほんと？　ないの？」

「ないみたい。どこ捜しても」

「盗られたのよ。警察に言わなきゃ」

「言ったって仕方ないでしょ。今さら」

「でも届けたほうがいいわよ」

　母が届けたのかどうか、そこまではわからない。父にも言ったのかどうか。

　指輪と言えば、どの指輪か、すぐにわかる品だった。とても高価な品……。泥棒はそれだけを見つけて、それだけを奪って逃げたのだろうか。

　その指輪は……父の知人に亀井島の網元がいて、

「漁業じゃ、つまらん」

船員となり、海外をめぐる商船に乗っていた。父が頼んだのか、その人が勝手に入手してくれたのか、

「これを奥さんにあげなよ。たまたま安く手に入れたから」

外国みやげとして譲ってくれた品だった。確か結婚十年目くらいに……。姉が生まれて少したったころだろう。それ以来、母の宝となっていた品である。

とはいえ、母がそれほど大切にしていたかどうかは怪しい。

「少し指にきついのよ。小さくて」

小学生のころ私も聞いたことがある。

「でも高いんでしょ」

「ダイヤモンドよ」

ガラス玉みたいな宝石が金の輪にくっついていた。姉の話では、

「一・六カラットよ。すごいわよ」

「いくら?」

「知らない。いざというとき必ず家族に役立ってくれるんですって」

「ふーん」

小耳に挟みながら〝いざというとき〟というのは、

――お父さんが死んで、うちが貧乏になったときかな――

想像して、この言葉を心に残さないでもなかった。

父の死はそれより十年ほどあとのことだが、その前に、まず千代さんが東京の学校へ入り、一家も海辺の町を離れて、まず浦和へ、そして東京の杉並区へと住まいを移した。私は小学校の五年からのち、ずっと東京住まいである。もちろんアカの墓はしっかりと記憶に残っていた。生まれ故郷へはほとんど帰ることがなかったけれど……。


年の離れた父子《おやこ》だったから父には叱られることばかりが多く、まともに話をした記憶は薄いのだが、亡くなる少し前に、

「クレタ島を知ってるか」

私は高校生になっていた。

「うん」

「ギリシャの島だ。古代には栄えたけど、アテネとか、本土とは離れてるからな。少し差別を受けていたかもしれん」

父はもの知りだったらしい。

「うん」

なにを言われるのか、私は少し緊張して聞いていただろう。その前に、なにかしら〝亀井島の人は嘘つきだ〟と、あのいわれのない噂について父は触れていたのかもしれない。父も先祖は島の人だった。

「〝クレタ島の人が言うことはみんな嘘だ、とクレタ島の人が言う〟ってのがある」

「うん」

頷《うなず》くよりほかにない。

「パラドックス言うてな。わかるか」

「わからない」

首を振った。話題がいつもとちがう。

「クレタ島の人の言うことがみんな嘘だとしたら、〝クレタ島の人が言うことはみんな嘘だ〟という言葉自体が嘘になる。クレタ島の人がそれを言ってるんだからな。すると〝みんな嘘だ〟というのが嘘になってしまい、今度は〝クレタ島の人が言うことが本当〟になる。それが本当になると、〝クレタ島の人が言うことが嘘〟になり、あははは、どこまで行ってもきりがない。わかるか」

「うん」

なんとなくわかった。

だから、どうだと言うのか。父はなんのつもりであれを言ったのか、まるで覚えていないし、会話自体がこのへんで終わったのではなかったか。

だが〝クレタ島の人の言うことはみんな嘘だ、とクレタ島の人が言う〟という言葉だけは心に残った。あとでゆっくり考えて、

——なるほど——

この言葉の言わんとすることを理解し、納得した。パラドックスと言うらしい。

あるいは〝亀井島の人の言うことはみんな嘘だ、と亀井島の人が言う〟と言い換えてもいいだろう。千代さんはときどきそんなことを言っていたような気がする。亀井島の人がみずからそれを言ったら、なにがなんだかわからなくなってしまう。なにが嘘で、なにが本当か、いつまでたっても結論が出ない。

——悪口を言う人を煙に巻くことができる——

父はそれを匂わせたのかもしれない。なにかの折に馬鹿にされることがあっても……わが家も充分に亀井島と関わりがあったのだから、そんなときにもめげるんじゃないぞ、と……。

とはいえ、ただそれだけのこと、覚えるともなく記憶に残って、パラドックスについて考えたのは、もっとあとのことだったと思う。

パラドックスは日本語で言えば逆説。少しむつかしい。辞書を引くと、

〝ぎゃくーせつ【逆説】(paradox)

①衆人の受容している通説、一般に真理と認められるものに反する説。「貧しき者は幸いである」の類。また、真理に反対しているようであるが、よく吟味すれば真理である説。「急がば回れ」「負けるが勝ち」の類。パラドックス。②外見上、同時に真でありかつ偽である命題〟

とあるけれど、クレタ島の人のエピソードは②のバリエーションなのだろうか。嘘つきであることが同時に(というか循環論的に)真であったり偽であったりするのだから。

——似たような例がほかにもあるのかな——

たやすくめぐりあうことはなかったけれど、それとはべつにクレタ島の人のエピソードは、かなりよく知られた伝承らしい。クレタ島の人が実際にどうであったかとは関係なく、哲学発祥の地ギリシャの、その海に浮かぶ島はパラドックスの舞台にふさわしい。そうとわかると、同じ例を創ることのできる亀井島も、

——馬鹿にしたもんじゃないな——

わけもなくうれしくなった。父もまたそんな気分だったのかもしれない。

だが、日々の生活は忙しく、まったくの話、パラドックスに関わることは少ない。星移り

時流れ、私はいつしか小説家となって、このエピソードもほとんど忘れかけていた。

――あれ、どういう理屈だったかな――

充分にややこしいから論理をきちんとたどるにも手間がかかる。

アカのことも、空き巣狙いのことも、悲惨な事件のことも、なくなった指輪のことも、まるっきり頭から消えたわけではなかったけれど、どれもみんな遠い日の出来事、頭の隅に散って、かすかに残ることでしかなかった。


三年ほど前、千代さんから突然手紙が寄せられて来た。出版社を通して届けられたのである。

千代さんとは、いっときこそ親しかったけれど、あの事件のあとすぐに彼女は東京の外国語学校へ通い、アメリカへ渡ったはずだ。私の父母にもそう繁くは消息が寄せられなかったようだ。かろうじて姉が時折、連絡を取っていたくらい。それもここ十年ほどは、ほとんど音沙汰がなかったとか。

――なんで私のところに――

少し驚いた。

手紙を読んで、もっと驚いた。体を悪くしているらしい。長い命ではないのかもしれない。

だが驚いた理由はそれではない。手紙は長いご無沙汰を詫び、みずからの半生を要約したうえで昨今の様子を綴っているが……アメリカで日本語の教員となり独身を貫いて八年前に帰国、今はホスピスで看護を受けているらしいが、そんな記述のあとで、ちょっと調子が変わり、

〝……ずいぶんと昔のことですが、占い師の金さん、覚えてますか？　五十歳前後のおばさんで、近くに住んでいて、あのころよく当たるって評判だったのね。ちょっとおもしろいじゃない。あなたはまだ小さかったから、ご存じないわね。あたし、占ってもらったことあるの、一度だけね。話の順序がヘンテコになってしまったけど、アカが死んだときのことは覚えているでしょ。いっしょに埋めに行きましたもんね。あの日、私、台所で肉団子を作っていたの。ほら、鍋に野菜といっしょに入れて煮込んで、よく食べていたじゃないの。そこへ呼び出しが来て木下さんのおうちにみんなで行ったのね。留守になったのはそのせい。だれか一人でも残っていたら、どうなったかしら。今でも考えてドキドキしちゃうわ。本当に怖かった。でも、それより前、肉団子を作ってたとき、私、変なこと考えちゃったの。お母様には本当に申しわけなくって、あとになっても言うことができず、ずーっと隠していたんだけど、許してください、お願いします。このまま死んで、あの世でお母様にお詫びをしようと思っていたけど、やっぱり気がかりで、あなたに告白します。なんであんなこと、したの

かしら。私も若くて、いたずら好きのとこ、あったのね。金さんに言われてたの。〝高価なものを隠しなさい。願いが叶います〟って。肉団子を作りながらお母様の指輪が小箪笥の上に置いてあるのを思い出して中へ入れちゃったの、お団子の中へ。上手にくるんで、まるめて、廊下へ出たらアカが鼻を鳴らしているでしょ、ポンとあげちゃったの。ゴクンと飲み込んだわ。あのころ、どうしても東京へ出たかった。必死に願っていて、それが叶うならなんでもやるつもりだった。アカが飲み込むのを見て、〝いけないわ〟とは思ったけど、二、三日たてば出て来るわけでしょ。そしたらアルコールできれいに洗って……暢気《のんき》なこと、考えていたのよ。そしたら、あんなひどい事件が起きて……アカが死んで、お寺の裏山に埋めちゃった。気が転倒して、しばらくは指輪のことなんか考えず、忘れてたけど、少したって〝指輪もいっしょ埋まってる〟って、そう気づいたの。でも今さら言うわけにもいかないし、一人でこっそり掘り返しに行ったって、どうするわけにもいかないでしょ。気味がわるいし、しばらくはアカの胃袋の中じゃない。モヤモヤしているうちに占いは的中して私は東京へ出ることになったわ。もうそれっきり、一度もあそこへは帰っていないの。あなたがたも東京にいるらしいし、私はアメリカへ行くし……指折り数えてみると、六十年と少し、年月のたつのは本当に早いわね。お寺は昔のまんま残っているということだし。アカの墓も昔のままかもしれない。だったら指輪は土の中ね。死骸は腐って土と化してもダイヤと金は腐らないわ。とっても高価な品物のはず。だから、いつかあなたがいらして取り出してください。このごろは夢にまで見るの。本当にわるいことしちゃって……。でもこのままじゃ死にきれない。あなたにだけは正直に告白します。取り戻して私の罪を少しでも薄めてください。変なお願い、本当にすみません。お寺の裏の繁みの中、二十センチくらいの赤い石を置いて……何度かお参りしたから覚えているわね。本当にお願いします。許してください……〟

手紙は最後に〝お姉さまによろしく〟それから〝どうぞ健康にご留意ください〟と唐突に綴って終わっていた。筆はかなり乱れて、書く人の心理を映しているように見えた。

私は視線を遠くにすえて遠い日の千代さんを思い返した。

――ちょっと変わった人だったな――

突拍子もないことを考えてフイと実行してしまうようなところがあって……。幼い私にはおもしろかったが、母が渋面を作っていることがあったような気がする。

それを追うようにしてあのころの記憶が甦《よみがえ》ってくる。アカの無惨な死にざま。周囲に散った赤黒い血のあと、生きているときと変わらない毛の感触。

――姉貴が泣きながら自転車に乗せたんだよな――

お寺の裏山に入り、蔓草《つるくさ》を抜き、草の根をつつきながら穴を掘った。アカを横たえ、いたわるようにして土をかけた。しっかりと埋めつくし、赤い石を載せた。そこはその後に何度か訪ねて拝んだから、おおむね様子を浮かべることができる。

――だいぶ変わっているだろうけど――

八年ほど前に生まれ故郷を訪ね、遠目にアカの墓をうかがって手を合わせた。あのときは昔のところに赤い石が残っていた。

――しかし、なあ……。指輪は土の中に残っているだろうか――

ダイヤモンドと金ならば、汚れていてもきっと残っているだろう。

思案が頭の中で澱《よど》む。一度ならず夢を見てしまった。

――どうしたものかな――

正直なところ、千代さんの願いを、どこまで本気で考えればいいのか。私も忙しいし、なんだか馬鹿らしい。手紙の内容はおおむねしっかりしていたが、千代さんの脳味噌が、

――ぼけてないのかな――

怪しむところがないでもない。手紙の内容はどこか現実離れしている。

――まあ、いつか、ついでもあったら――

そう思ううちに月日が流れ、去年の秋、姉に会ったときに、

「千代さんから手紙が来て……」

と言えば、

「あら、本当。元気だった？」

「だいぶ弱っているらしい。ホスピスにいて」

「ぼけてないかしら。私より三つ上でしょ」

姉は自分自身もアルツハイマーなど脳味噌の弱化に不安を覚えているのだ。

「うーん。ぼけてるかもしれん。実は……」

と手紙の後半に綴られている珍奇なストーリーをかいつまんで話した。

「えへへへへ」

姉はけたたましく笑って、

「ぼけたわね。嘘でしょ」

「嘘かなあ。辻つまは合ってるけど」

「信じたの？」

「うーん。あんまり信じないけど」

「変なとこ、あった人なのよ」

「しかしお母さんはショック受けなかったのかな。高価な指輪をなくして」

「小さくて、使いにくかったんじゃない。もともと宝石なんかに関心が薄かったし」

「高い品物だったんだろ」

「そうみたい。お父さんにはなくしたこと、言わなかったらしいけど」

「贈り主には言いにくい」

「いざというとき家族を救ってくれるんだって。そういう触れ込みだったみたい」

「それは聞いた」

「お母さんは……そりゃアカはかわいそうだったけど、みんなが無事だったんで、それだけでよかったみたい。あんなすごい傷と血を見せられたら、それが一番よ」

「うん」

「空き巣が持って行ったのなら、やっぱり家族を守ってくれたんだって、お母さん考えたんじゃない」

「どうして」

「ましなもの一つでも盗れば泥棒は満足するのよ。家中汚したり火をつけたり、どっかに隠れてて、あなた、やられたかもしれないのよ、ノコノコ帰って来たりして」

「アカがいたから大丈夫」

「アカを殺したあとだって、怖いわ。お母さんはアカが守ってくれたって、そう思ってたんじゃない。高いものをなくして……ぜんぜん気にしていなかったわ」

「うーん」

確かに……。母は少しは、

——損しちゃった——

とは思っただろうけれど、とくに残念がっているようには見えなかった。子ども心にもそんな気がした。

姉はまた高く笑って、

「嘘よ、嘘にきまってるでしょ。島の人は嘘つきなんだから」

「そりゃ差別だよ。なんの根拠もない」

「ふふふ。とくに嘘つきの人じゃなかったけれど」

「そりゃそうだよ」

千代さんとは、その後、私は（多分姉も）年賀状を一度だけ交わしたが、間もなく訃報が送られて来た。過日の長い手紙はやはり私への遺言のようなものだったろう。心残りとなった。

そして、とうとう久しぶりに生まれ故郷を訪ねることとなった。近くの、古い宿場町に取材に行く必要が生じ、それ自体は日帰りですむ仕事であったが、あえて宿を取って、

——私ももの好きだなあ——

ためらいながらも足を運んで確かめてみる気になった。三十センほどのスコップまで買って用意したのだから〝たまたま立ち寄ったら〟というエクスキューズは成り立つまい。

朝、少し早めに宿を出て駅前から市内巡回のバスに乗った。九時を過ぎていたが、商店は大半がシャッターを降ろしている。過疎化の噂は聞いていた。界隈は変化のないまままださびれている。町の地図はおおむね頭の中に入っている。

——このへんかな——

徳明寺に近いあたりでバスを捨て、三百メートルほど歩いて、

——この角だよな——

山道を登り、おおよその見当をつけて雑木の立つ繁みに入り込んだ。短靴の汚れは仕方ない。もう充分に履き古した靴だ。

春は浅く、さいわい繁みも浅い。草やぶを踏んで寺の裏へとまわり込む。少し下って墓地の背後に進む。

——このへんだよな——

地形に記憶があるような、ないような……。もともとはっきりとは覚えていなかったろう。

ただ本家の墓は昔のままだ。

——あれだな——

そのまうしろのあたり。墓地を仕切った低い石積みから二メートルくらい。果して赤い石が転がっていた。思ったより小さい。幼い日の風景はみんな小さくなってしまうものだ。

──あのときはずいぶん重かったけど──

近づくと石は下のほうが土に埋まっている。周囲の繁みは……すぐ近くに立つ欅《けやき》のような喬木《きょうぼく》など、

──こんなの、あったかな──

疑ったけれど、当然様子は変わっているだろう。本家の墓との位置関係から考えて、

──石の位置は変わっていない──

なにほどかの確信が込みあげてくる。

くどくど考えるより先に石を動かし、スコップをさし込む。草の根らしきものが隠れているらしく、力がかかる。スコップの刃がそれを切って湿った土を起こす。子どもならともかく、いい爺さんが勝手に穴を掘ったりして、

──大丈夫かな──

人の気配はない。入会権《いりあい》などといういかめしい言葉が頭をかすめた。入会権の成立する情況ではあるまい。

少し掘るとヘンテコな虫が二、三匹蠢《うごめ》いて逃げる。アカの肉体はとうに腐って、溶けて、

土くれと同化してしまったろう。灰色のものが覗き、

——骨かな——

と思ったとき、

——あった——

小さな金属の……すぐには金属とはわからない、だがまちがいなく土くれとはちがうものが、リングが見えた。

つまみ取る。明らかに指輪だ。ブルッと体が震えた。

——なぜなんだ——

わからない。震えた理由が……。

ゆっくり考えてみれば、いったんはアカの喉を通って胃袋に入り、腸まで行ったかどうかはともかく、死んだ体とともに埋められ、腐敗のプロセスを身近に感じ、そして再び日の目を見る、という長い、長い、奇妙な旅……。私は考える時間もないままに指輪の運命を感じ、茫然と震えるよりほかになかったらしい。

ティッシュペーパーで拭った。汚れたガラス粒同然のダイヤモンドが、一・六カラットが、もう、まったく輝いてはいない。金も鈍い黄色だ。

長くは留まるところではあるまい。急いで土を寄せて穴を埋め、赤い石を戻した。それか

ら、

――アカ、久しぶりだな――

なにも残されていない黒い土と石に向かって呟き、あらためて手を合わせて頭を垂れた。アカの顔つきを思い出すのもむつかしい。体毛の手触りだけが……もし同じ感触にめぐりあえば思い出せそうな気がした。

――さよなら。指輪、預るぞ――

踵《きびす》を返した。バスを待ち、駅に着いて洗面所で指輪を洗った。汚れは落ちたが、あい変わらず輝いてはくれない。わずかな重みだけが、

――金なのかな――

ほかの金属とはちがうみたい……。新しいティッシュペーパーで何度も拭って水気を取り、丁寧に包んでポケットに収めた。帰りの電車に乗って吊り皮を握りながらあらためて、

――千代さんは嘘をつかなかった――

遠い日の命題に思いを馳《は》せた。千代さんは根っからの亀井島の人である。わけもなく、少しうれしい。

「ああ、そう言えば……」

休日の昼下がり、姉に電話をかけたついでに報告した。むしろこれが電話の目的だった。

「なに？」

「えーと、前に話しただろ。千代さんから手紙が来たこと」

「ホスピスで亡くなったんでしょ。しあわせだったのかしら」

「そりゃ……わからん。ただ、指輪のこと」

「あったわね、そんな話」

「行ってみたんだよ」

「どこへ」

「アカの墓だよ。お寺の裏の山ん中」

「あんた、行ったの、わざわざ」

「わざわざでもない。近くに仕事があって、それで懐かしいし、気がかりだし」

と少し弁明した。

「もの好きねえ」

「ところがドッコイ、出て来たんだよ」

「なにが」

「指輪だよ。アカが飲み込んだ」

笑いのような息遣いが聞こえた。

「嘘でしょ」

「嘘じゃない。本当だ」

「よく言うわ」

「本当だってば。お墓もほとんど昔のままあって、俺、掘ってみたんだ」

スコップを買ったことまでは話さない。

「へェー」

「土の中からコロンと出て来た。まちがいない。指輪だよ」

「お母さんの？」

「多分そうだろ。俺はわからない。覚えてないもん。いつか見てくれよ。しかし、あれだろ、やっぱり。ほかに考えられないもん」

「本当なのね」

まじめに響く。

「本当だ。汚れていたけど、ダイヤもついているし、金のリングだ。小さいけど」

「ふーん。私だって思い出せないわよ。でもすごいわね」

「ああ」

「千代さん、よくよく気がかりだったのね」

「そうだったんだろうな。島の人は嘘つきだってことだったけど」

「あったわねえ、そんなのが」

「ま、よかったよ。今度、見てくれよ。持って行くから」

「あんた、持ち帰ったわけね」

「当然だろ。洗って紙に包んである。すごい値段だったりして」

「まさか」

「わからんよ。高かったらおごってやる」

「うな重くらい？」

「も少し高くていいんじゃないか」

「でも……信じられない」

「俺もな」

　このあたりでこのテーマは終わった。

　しばらくは寝しななどに、あるいは散歩の途中、電車の中、あれこれ考えるときに、思うともなく千代さんの心ばえを計った。

　――ずーっと気にかけていたんだろうな――

長年の秘密を伝えるとしたら私か姉しかいない。出版社に手紙を送り、よくよく死ぬ前に言い残しておきたかったのだろう。

アカのことも少し思った。思い出せることは少ない。

新橋の烏森《からすもり》通りの裏に質屋がある。青いのれんを下げて質草を持って来る客を待っているような風情がある。今どき珍しいのではあるまいか。

「ごめんください」

「はい」

初老の男が顔を出した。若い人でなくてよかった。経験があるにちがいない。

「これ、どのくらいの値打ちですか」

紙を開いて指輪をさし出した。

「はあ。お見せください」

丁寧な手つきで受け取り、うしろの机の前に坐った。ルーペで見つめ、重さを計る。

ものの二、三分。私の前に戻って、

「残念ですが……」

「駄目？」

「ちょっとした細工物ですね」

「贋物《にせもの》？」

「贋物ってわけじゃなく、よくできてますけど、値打ちのある品物ではありません。ご心配なら、ほかを当たってみてください。ダイヤじゃないし、輪のほうも金じゃありません。外国のものかも……。小さいから娘さんのお飾りかなんか、それなりの細工ですが、値段がどうのというものじゃないでしょう」

「なるほど。わかりました。鑑定料とか」

「それは結構です。ひとめでわかりましたから」

「ありがとうございます」

店を出た。頬は笑っていただろう。予測しておいてよい結果だった。

コーヒー店に入った。思案をめぐらしてみたかった。

——だれかが嘘をついている——

多分、父の知人……。海外へ赴く船の船員のような話だった。どこかで適当な品を買い、父に渡して、

「奥さんにあげるといいですよ。結婚記念に」

とか。なにほどかの謝礼を受け取ったのかもしれない。父は指輪の価値を知っていたかど

うか。母はそれを知っていたかどうか。しばらくは輝いている品だったにちがいない。

——やっぱり最初の男が怪しい——

彼は紛れもない亀井島の人である。

——島の人は嘘つき、なのかな——

一人が嘘をつき、一人が本当を言い残した。

——これもパラドックスなのだろうか——

遠い昔にクレタ島でも似たようなことがあったのかもしれない。

質屋へ行ったのは、ほんの三日ほど前のことだ。おちおちコーヒーなんか飲んでおかしな思案をめぐらしているときではなかった。原稿のしめ切りが迫っている。そして本日、朝まだき、私もまた……。

〝とうとう書き上げたぞ。もう夜が明けるのも間はあるまい。外では寒そうな鶏の声がしているが、せっかくこれを書きあげてもいやに気のふさぐのはどうしたものだ。（不足はあるが）まあこのままでペンをおこう。勇ましく出て行って、読者諸賢に批評されてきたまえ〟

かなりあざといストーリーである。そして小説家はみんな嘘つきだ。これは本当だ。

——私の中にも亀井島の血が流れている——

指輪は〝いざというとき家族を救ってくれる〟ということであり……しめ切りまぎわ家族の一人を救ってくれたのは嘘ではなかった。

解説

齊藤　秀

阿刀田高氏は、現在山梨県立図書館の館長を務めている。

私は、三年間、県立図書館の副館長として、阿刀田館長を補佐する役職にいた。そして、館長が一年間に十数回行う講演や講座等にすべて同行した。実に、五十を超える回数である。これだけ館長の講演を聴いた人間は滅多にいないだろう。それだけでなく、県立図書館を訪れるさまざまな方との面談の場にもほとんど同席した。三年間、最も身近で、館長の言動を見聞きしてきたのだ。このことが、本書の解説を依頼された一番の理由だろう。

館長は講演のはじめに、「作家の阿刀田高です」「県立図書館の館長をしている作家の阿刀田高です」と、必ず自分の立場がどちらかを明らかにする。それを聞くと、今日は作家の立場で小説を中心にして話をするのだというように、だいたい内容が想像つく。さまざまな肩書きを持つ館長にとって、立場の表明というのは重要な意味を持っていると思う。大げさに言うと、その日の決意表明である。

私には、館長の作品を論じる力など到底ない。とすれば、私はこの解説を、館長に仕え、三年間身近で館長の言動を見聞きした者という立場で書くしかない。話の中心は、図書館のことであり、そこでの館長のエピソードということになる。となれば、私にとって阿刀田高氏は、あくまでも山梨県立図書館の館長である。ここでは「館長」で通させていただく。

山梨県立図書館は、旧館の老朽化、耐震への未対応、収蔵能力を超える蔵書数等の理由から、建て替えの必要性がでた。平成十六年、甲府駅北口再開発事業の一環として、「県立図書館等複合施設の整備」が公表され、図書館を含めた「新たな学習拠点整備運営事業」となった。しかし、建設工事が入札不調になるなど、再検討しなければならない状況になった。そんな折、知事選が行われ、図書館問題が論点の一つとして大きくクローズアップされた。その選挙で知事が交代し、「新たな学習拠点整備運営事業」の白紙撤回、図書館の単独施設としての整備、ＰＦＩ方式を導入しないこと等が矢継ぎ早に打ち出された。駅前の一等地に、商業エリアを含む複合施設でなく、単独の図書館にしたことは知事の英断である。都道府県立図書館で、これだけ駅に近い図書館は今のところほかにはない。

平成二十四年十一月に開館した山梨県図書館は、甲府駅北口の目の前にある、ガラス張りで開放的な建物だ。新館建設に当たり、県民からさまざまな点で注目を受けた施設だったこともあり、目玉の一つとして、館長には著名な有識者を迎えたいということになった。そこで、国立国会図書館勤務の経験もあり、読書や、文字・活字文化にも高い見識を持っている阿刀田高氏に白羽の矢が立ったが、最初、館長は固辞している。館長は「元々、山梨には縁もゆかりもなかった。住んだこともないし、富士五湖が全部山梨にあるということすら知らなかったくらいだ。ペンクラブの会長を辞め、もの書きとしての余生を全うしたいと思っていたので、最初は断った」と述べている。しかし、県関係者の熱意や周りの助言で館長就任を決意するようになる。特に、文字・活字文化推進機構理事長の肥田美代子氏の、「おやりなさいよ」という言葉が大きな後押しになったようだ。「読書活動や活字文化を守るいろいろな活動に関わってきたが、講釈ばかり垂れるのではなく、具体的に役に立つことをやるべきだと考えた。図書館にとって大事なのは、人・本・建物の順である。こんな立派な図書館を作ってもらって申し訳ないが、建物は三番目。本でさえ二番目である。図書館に読書を愛し資料に通じた人材がいることが必要だ。それだけでなく、利用者がよくなければ、図書館はよくならない。民度を育てることが重要だ」と、館長就任を引き受けた心情を述べている。

館長として、何度か山梨へ足を運ぶようになり、山梨県、特に県庁所在地である甲府市の状況が分かるにつけ、図書館が地域の活性化に何かできないかという思いを強くしたようだ。甲府市の中心街は、シャッター通りになっており、本来なら人出で賑《にぎ》わうはずの日曜日でさえ、人通りは少なく、閉まっている店舗が目立つ。地域の人々の暮らしや生活等の課題解決を支援するというのは図書館の一つの使命である。また、地域の拠点として情報を発信し、地域の活性化に貢献する役割も期待されていることを、館長は理解していた。

就任二年目の秋、館長から、「『やまなし本の日』というようなものを制定し、本を贈る取り組みをしたい」との話があった。しかし、「〇〇の日」の制定には、さまざまな障壁があった。最終的には知事の理解を得る中で、「やまなし読書活動促進事業」という形で、事業化されることになった。簡単に言うと、「本を贈る習慣をつける取り組みを行う」事業である。本を贈るということは、その前に「本を買う」という行為が必要になる。好きな本は自分の手元に置きましょう、地元の本屋さんで本を買い、さらには人に贈りましょう、ということである。それを、無料で本を貸すという役割を持った図書館が推進する。画期的なことだ。作家の阿刀田高が言うからこそ、成り立つ事業である。

この事業の成功には、書店の協力が不可欠だった。しかし、新県立図書館が開館して、少なからず影響を受けたという書店もあった。それまで図書館と書店が協力して事業を行うことはほとんどなかった。全国的に見ても稀《まれ》なことだろう。書店と協力してこの事業を始めてみて、コミュニケーション不足だったということを一番に感じた。よい本を読者に届けたいという思いは同じである。その点では必ず協力できる。これが分かっただけでも大きな成果である。この事業は、まだまだ緒についたばかりだが、大きなうねりとなり、県民運動から全国的な運動へ、これが館長の願いである。

読書はもともと娯楽である。自分の好きなように読み、好きなように楽しむ。しかし私は、そんな単純なことが、館長の作品ではできなくなってしまった。館長の作家としての考え方、小説への思いを知るにつけ、つい余計なことを考えてしまう。本書『妖しい関係』もそうだ。短編は長編と違い、一作品では本にならない。ここでは、十三の作品で一冊の本となっている。もし自分が作者なり、編集者なら、この十三の作品をどのような順番で並べるだろうか。本である以上、売れないと困る。手にとってもらうためには、最初の作品は大事だ。読後の印象をよくするためには、最後の作品も大切だ。同じような内容の作品が続くのはよくないだろう。さまざまに考える。

館長は、短編集は二番目が大事だとおっしゃる。一番目に一番いいと思う作品を置く。しかし、二番目を読んで、「一番目はよかったのに、なんだ、この程度なのか」と思われたら、それ以上読んでもらえないこともある。だから二番目には、一番目に勝るとも劣らない作品を置き、次はもっといいぞと思わせる。三番目は、三番目に自信のあるもの。そこまで読めば、読者は、間違いなく最後まで読むことになる。このことを私は勝手に「二番打者最強説」と呼んでいるが、あなたなら、この十三の話をどういう順番で並べるだろうか。読後にそんなことを考えるのも、楽しいかもしれない。

「二番打者最強説」ではあるが、四番目の「海を見る女」が実に印象的だ。

和彦の妻の陽子は、本来洒落《しゃれ》のわかる、良識の人である。そして、エゴイストでもない。そんな彼女が、息子秀樹の結婚のことでは、そうではいられなくなってしまう。

「なんで弁当屋の娘なのよ。器量もひどいし」

「照明器具じゃあるまいし、明るきゃいいってものじゃないでしょ」

母親は、この辺が男親とは息子への思い入れが違うのだろう。嫁へのわだかまりという、〝乗り越えなくてはいけない〟トラブルを乗り越えるために、海を見るという儀式が必要であった。これまでもこの儀式によってトラブルを乗り越えてきた。

「なるほど。俺だってあの娘《こ》を選ぶ」

この言葉自体は猿の群に対して発したものであり作者のユーモアを感ずるが、和彦はこの一言を発したことで、儀式はあくまでも儀式であり、「トラブルの本当の解決にはならない」ことを知る。実は、儀式のたびに、夫婦の会話があったからこそ、トラブルを乗り越えられてきたのだ。今回のトラブルに、「しばらくはなにも言わずにおこう」と夫婦の会話をしないことを決めた。だからこそ、「滅入《めい》ってしまう」し、「旅が重い」。しかし、この先の、気の重い生活について、作者は筆を持たない。このあと、夫婦はどのような会話をし、トラブルを乗り越えるのだろうか。夫婦の間に、これからも儀式は必要なのだろうか。「あとは自分で考えなさいよ。自分で、感動を創《つく》りなさいよ」という館長の声が聞こえる。

館長は、小説を書くアイディアについて、「想像の仕方にはコツがある。まずその事柄を発展させる。次に、それとは全く別のことを考えてみる。最後に、次元を全く違えてみる。一つ目が『正』の発想で、二つ目が『反』の発想。正反の視点から平面的に捉《とら》えたものを、次元の違う発想によって立体的にしていく」と述べている。作者の立場からが「正」、読者からの発想が「反」であり、図書館長という次元の違った立場から新たな発想を形にしていく。もしかすると、これが図書館長を引き受けた一番の理由かもしれない。

まだまだ、創作意欲が全く衰えない方である。図書館を利用する読者をモチーフにした作品が紡がれる日を待ちたい。

——前山梨県立図書館副館長

本文中の「葱」「尾生の信」は『芥川龍之介全集　第三巻』（岩波書店）より引用いたしました。

この作品は二〇一二年十月小社より刊行されたものです。
JASRAC　出1608122-601

妖《あや》しい関係《かんけい》

阿《あ》刀《とう》田《だ》高《たかし》

平成28年8月5日　初版発行

発行人――石原正康
編集人――袖山満一子
発行所――株式会社幻冬舎
〒151-0051東京都渋谷区千駄ヶ谷4-9-7
電話　03(5411)6222(営業)
　　　03(5411)6211(編集)
　　　振替00120-8-767643
印刷・製本―大日本印刷株式会社
装丁者――高橋雅之

幻冬舎文庫

ISBN978-4-344-42502-6　C0193　あ-6-6

幻冬舎ホームページアドレス　http://www.gentosha.co.jp/
この本に関するご意見・ご感想をメールでお寄せいただく場合は、
comment@gentosha.co.jpまで。